「あっ、それ、だめ……っ、そんな強いの……っ」
「やめない。お前は俺の番だとしっかりと教えてやる」
（本文より抜粋）

DARIA BUNKO

蜜月のつがい -花街オメガバース-

高月まつり

ILLUSTRATION 陵クミコ

ILLUSTRATION
陵クミコ

CONTENTS

この作品はフィクションです。
実在の人物・団体・事件などに一切関係ありません。

蜜月のつがい -花街オメガバース-

朝六時半の予鈴、通称「名残の鐘」が鳴る。

あと三十分で正面大門《おおもん》が開くのだが、荷車や馬車と共に夜が明ける前から待ち続けていた商人たちは、煙草を銜《くわ》えて「そろそろかねえ」とため息をつく。

彼らは午前七時の本鈴が鳴ったら大声で門番をけしかけて、大門を早く開けさせようと躍起《やっき》になった。

店が引き戸を開けて開店する前に、納めなければならない品が山ほどあるのだ。

ここは、「花冠《かかん》」「水冠《すいかん》」「硯冠《けんかん》」「鬣冠《りょうかん》」「技冠《ぎかん》」という東方五冠国の一つ「花冠国《かかんこく》」。

優秀な医師や良薬の生産で有名な花冠国は、君主の居城《きょじょう》と城下町を中心にして花弁の形のように「柴胡《さいこ》」「麻黄《まおう》」「丁香《ちょうじ》」「芍薬《しゃくやく》」「当帰《とうき》」の五領が広がっている。

その中でも当帰領は最も栄え、勤勉な民や商人や旅人、はたまた糊口《ここう》をしのぐために他領土や他国からやってくる人々で賑わっていた。

桜森遊郭街《さくらもりゆうかくがい》は、大通りから裏門まで桜がずらりと植えられて、その名の通り春になると淡い桜の花びらが煙《けぶ》っているように見える。

その美しさ見事さに、素人《しろうと》の観光客までもが浮かれて足を踏み入れた。

彼らはすぐに美しいのは桜の花だけでないことを知り、一見《いちげん》でも楽しめる店に誘われて散財するのが常だった。

「今年の桜も見事だな」

紺色の着物の裾《すそ》をひょいと帯に引っかけて膝まで見せて、着物と同じ布の首紐《くびひも》をきっちりと首に巻き、素足に下駄履きという身軽な恰好で店の前を掃き掃除していた春雛《はるひな》は、ぐいと背を反《そ》らして桜の大木を見上げる。

「精が出るね、春雛」

店が贔屓《ひいき》にしている反物《たんもの》屋の御用聞きが、笑顔で話しかけてきた。

「ありがとう。そちらも大変ですね」

「まあね。向こうの店とあっちの店で、立て続けに新月《しんげつ》の遊君《ゆうくん》が娶《めと》られただろう？　着物を早急に用意するのが大変だったんだ」

この世には男女の他に、「満月《まんげつ》」「半月《はんげつ》」「新月」という第二の性別がある。

殆《ほとん》どの人々は「半月」であり、ごく一般的な性質を持った社会の一員として働いている。

花街《はなまち》の遊君も店にもよるが半分は半月で、借金の形《かた》に連れてこられた者が大半だ。それ以外の遊君は「新月」になる。

新月は外見こそ半月と変わらないが、男女にかかわらず満月の子を宿すことができる。

また数ヶ月に一度「熱砂《ねっさ》」を患《わずら》うと、交合《こうごう》しか考えられなくなって何も手に付かず、人に見せられない恥ずかしい有様になるために「浅ましい」と蔑《さげす》まれ、また「相手が欲しいのならくれてやる」と酷い仕打ち受ける者も多かった。だから彼らは熱砂を患わないように、「熱砂《ねっさ》丸《がん》」という薬を服用している。

薬なくして熱砂から逃れるには、満月に項《うなじ》を噛んでもらって番《つがい》になるしかなかった。

「満月の豪商に娶られて、豪勢な暮らしをしてるんだろうね。番にしてもらうんだっけ？　満月はほら……自分たちじゃうまく子供を作れないからねえ。新月に産んでもらった方が早いって聞くよ」

そして「満月」。

彼らは才能と容姿体格に恵まれた特権階級で、王族や領主はほぼ「満月」だ。

満月は血の繋《つな》がりを何より大事にしているので、婚姻《こんいん》は満月同士で行われるが子を宿す能力のみ低いため子供ができにくい。そのため、子孫を残す目的で「新月」を番にすることが多い。

満月は男女の関係なく新月を孕《はら》ませることが可能で、満月を産むための借り腹のほか、愛玩用として複数の新月を飼うこともある。

「俺のような半月にはさっぱり分からないことばかりだよ」

「ははっ。俺にもよく分かんねえや」

「そうか。春雛にも、いつかいい人が現れるといいな」

彼が、春雛の顔と首紐を交互に見てしみじみと言った。

「俺は遊君じゃなく下働きだから、そういうのは関係ないよ。店でずっと働かせてもらうさ」

「相変わらずいい心がけじゃないか。頑張るんだよ？　そうだ、次に来るときは店に寄らせてもらうと、枡元《ますもと》屋の旦那さんに伝えておくれ」

御用聞きは言いたいことだけを言って、颯爽《さっそう》とはす向かいの店に入っていった。

「相変わらずせわしないな」

春雛は小さく笑って、改めて桜の木を見上げた。

春が主役の木であるから、花びらが散ったら誰も見上げたりしない。

それどころか青々とした葉に虫は付くし、儚《はかな》げな花のわりに根は太く奔放《ほんぽう》で石畳《いしだたみ》を盛り上げ、実に邪魔だ。

遊郭街の大通りに何の木を植えるかで話し合ったとき、「桜だけはいけない。あれはそんなしとやかな木じゃないよ」と材木商の旦那が言ったらしいが、だめだと言われたら逆に張りたがる遊郭の旦那衆のせいで、こうして毎年桜の花を愛《め》でることになった。

まあでも、春は綺麗だしと思いながら春雛は石畳に箒《ほうき》をかける。

まだまだ散るには早い桜の花を見ていると、なぜか切ない気持ちになった。

『ほらお外をご覧なさいな。綺麗な桜が咲いているよ』

春雛が十で母をなくした後に、親身に世話をしてくれた三咲姐《みさきねえ》さんは、次の年の桜を見る前に病で死んでしまった。

『この桜も、今年で見納《みおさ》めね。いつか懐かしいなんて思うのかしら』

そう言っていた仲のいい吉野《よしの》姐さんは、大門の外から馬車に乗って迎えに来た商家の若旦那に身請《みう》けされた。

あのときの豪華な馬車と若旦那の笑顔を、今でも春雛は忘れられない。彼だけではなく、あの光景を見た者はみな、「まるでおとぎ話の王子とお姫様だ」と、酒が入ると未《いま》だに語る。

吉野姐さんは、子供もいて幸せに暮らしていると、店が贔屓している旅の行商人が遊君たちにこっそりと教えてくれた。

一歩足を踏み出して大門の中に入ったら、死ぬまで門の外に出られず死んでいく人々が多い中、是非にと乞《こ》われて大門を出て行った遊君の姿は、残された者たちの儚い希望になった。

生まれてから十八年、一度も大門の外に出たことがない春雛は、「誰かに乞われるなんて、俺には関係のないことだけど、少し羨《うらや》ましいな」と、心の奥底でこっそりと呟《つぶや》いた。

春は、いつも何かが始まる。

春雛の世界は決まり切った慣習で一日が終わる遊郭街の中だけなので、新しい何かが始まったりするのが怖い。

怖いなんておくびにも出さない。どうせこのモヤモヤとした不安は、桜が散れば綺麗さっぱりなくなるに決まってる。心の中でそう必死に念じた。

桜の季節は、混んでいて店に入れない客や「いやいや外がいいんだよ」という客のために、店の前に花見用の長椅子が置かれる。

春雛が下働きとして勤めている「枡元屋」もそうだ。

売れっ子を大勢抱えている枡元屋の楼主《ろうしゅ》はやり手ではあるが人情も人一倍あった。だからこそ、遊君の産んだ子供である春雛を、店に出すことなく下働きとして雇っている。

本当ならば、遊君として店に出て客を取るのが仕事なのだが、春雛は十八歳の今まで下働きと使い走りだけだ。

育ててもらった恩を考えたら、売られて来たり自らを売りに来た遊君と同じ立場で稼いだ方がいいのではないかと思ったのだが、楼主もその妻も「お前はそういうことはしないでいいんだよ」で終わった。

ならば、自分ができる精一杯のことをして働こうと決意した。

春雛の母は雛菊《ひなぎく》というそれは美しく賢い売れっ子で、枡元屋の福の神とまで言われていた遊君だった。楼主は、「子供を産みたい」という雛菊の願いを聞き入れてくれただけでなく、もしものときの約束も交わしていた。

『この通りです。おとうさん。もし私に何かあったら、私の子供を育ててやってください。男なら春雛、女なら夢菊《ゆめぎく》。おとうさん、どうか後生《ごしょう》だから読み書きを覚えさせて』

楼主が酔うと、三回に一回はこの話が出る。

「だからこそ私はね、春雛。お前に学をつけて、できれば独り立ちできるようにしてやりたいんだ。お前に遊君が務まるとは到底思えないからねえ……」

途中までいい話だったのに、最後はいつもこれだ。

「お前はがさつで、器量はそこそこいいのに要領が悪い。それに、無駄な正義心があって、道理に合わなければ馴染《なじ》み客も怒鳴りつける。そういう子は遊君には向かないんだ。長いものには巻かれてくれないとねえ。でもねえ、だからこそ、お前を求めてくれる人が現れたら、そのとき私は笑顔でお前を見送りたいと思っているよ」

しみじみと言ったあとに「そんな奇特なお相手がいるかは謎だ」と言ってため息をついた。

ため息をつかれるほど心配を掛けて申し訳ないと思う。

春雛は、実の親のように自分の将来を気に掛けてくれる主《あるじ》のためにも、精一杯働くと決めている。

「ひなや、ひな！　春雛や──っ！　店の前に長椅子を出すのを手伝っておくれ！」

遊君たちには「おとうさん」と呼ばれている枡元屋の楼主が、声を張り上げて春雛を呼ぶ。

「はい！　おとうさん！　ただいまっ！」

春雛は大きな声で返事をし、箒とちりとりを持って店の裏手に回った。

これっぽっちも整えていない無造作《むぞうさ》な短い髪に、一枚の桜の花びらが、まるで何かの印をつけるように舞い降りたのを彼は知らなかった。


半月の人口には及ばないが、新月の数はここ十年でずいぶんと増えており、他の国では愛玩用にと売り買いされる子供も増えたという。

花冠国の特に当帰領は、新月の待遇が他国に比べてかなりましだ。

豪商や遊郭街は、そこで働いている新月たちのために、定期的に薬種《やくしゅ》問屋から熱砂丸を購入している。中には吝嗇家《りんしょくか》のくせに体裁振る主もいて、そういう輩《やから》は熱砂丸の中でも混ざり物の多い安価な物を新月たちに買い与えていた。

四方を城壁のように頑丈《がんじょう》に囲われた桜森遊郭街の遊君は半分が半月で、残りは新月だ。

新月の遊君は、首を噛まれて番にされないように首に幅広の「首紐」を巻き付けている。これをわざわざ解いていたずらに首を噛んで番にすることは遊郭街の規則で禁じられている。

万が一の場合、番にされた新月は相手に法外な金額で買い取られることになっていた。

また、新月の遊君だけを抱える店もあるにはあるが、大体の店は半月と新月を共に店に出している。

春雛は店の前に長椅子を二つ出し、赤い天鵞絨《びろうど》で椅子を飾り付けた。

「この天鵞絨の長椅子を見ると、春が来たと実感するよねえ」

新月の遊君である真夕《まゆう》が、草履《ぞうり》を引っかけて店に出てきて笑った。

遊君の証《あかし》である派手な柄の着物を着て帯を前で結んでいる彼は、春雛より三歳年上の二十一歳。枡元屋の売れっ子の一人で、春雛が頼りにしている友人だ。

「真夕兄さん！　あんた綺麗だから、ここに座ったら絵になると思うんだよ！」

「そりゃあねえ、俺は綺麗で売れっ子だけど、そうそうただで姿を見せてやるほどお人好《ひとよ》しじゃないんだよ」

「ははは。相変わらずだな、あんたは。だったらさっさと店に入れ。白い肌が日に焼けるよ」

「うん。俺は春雛に菓子をあげようと思って来ただけだからさ」

真夕が着物の袖《そで》から懐紙《かいし》に包まれた小さな菓子を取り出して「はい」と春雛に手渡した。

「昨日の座敷《ざしき》で貰《もら》った物だけど、俺の口には合わなくて。気に入ったなら、あとで俺の部屋においで。まだまだたくさんあるんだよ」

うんざりした顔で言うがそれは恰好だけで、彼はいつも旨《うま》い菓子を春雛にくれる。

「いつもありがとう、兄さん」

「いいんだよ。あとね、他の姐さんたちに意地悪されたら俺に言いな？　俺が仕返しをしてやるからさ」

「大丈夫だよ。俺がいじめられてめそめそ泣くような男に見える？」

貰った菓子を大事に懐《ふところ》に入れて笑ってみせると、真夕は安心したような表情を浮かべて「じゃあね」と右手をひらひらさせて店に入った。

すると通りすがりの業者や他店の下働きが「朝からいいものを見た」と喜ぶ。

真夕が褒められると自分のことのように嬉しい。

春雛は「よし。あとは店の中の仕事だな」と小さく頷《うなず》き、店の脇から奥に入った。


母屋《おもや》と遊君たちの部屋がある離れを繋ぐ渡り廊下を拭き掃除していたら、「ほらどきな！　店に出ない新月は邪魔なんだよ！」「旦那さんも、下働きなら半月の子供を雇ってあげればよかったのに、お前がいるせいだ」「下働きで食べていけると思ってんのかい？」と、春雛を嫌う遊君たちが大きな声で嫌《いや》みを言いながらすれ違った。

いつものことだと気にしない。

むしろ「元気な姐さんたちだ。いっぱい稼いで店を繁盛《はんじょう》させてくれ」と思った。

今の春雛は丁寧に廊下を拭くことだけを考える。

そこに「春ちゃん、あの人たちの言うことなんか気にしなくていいよ」と優しい声を掛けてくれたのが、枡元屋一の売れっ子、半月の雪里《ゆきさと》だ。

彼女は破産した豪商の娘で、十三のときに自ら遊郭街の門を叩いて枡元屋へ自分を売りに来た。

「あの子たちも、一旗揚《ひとはたあ》げてやるくらいの気概《きがい》があればねえ。ここに売られてきた自分が可哀相だと未だに酔っているんだよ」

「はい。いちいち気にしていたらキリがないです。店の裏方は、姐さんたちが気持ちよく働けるよう頑張るのが仕事ですから。万が一、どこぞの酔狂《すいきょう》な金持ちが『下働きのお前が欲しい』と言ってくれたら、娶られる遊君のように大手を振って大門から出て行きますけどね」

笑いながら言ったが、そんな客などいないに決まってる。

手入れをしていない無造作な髪に、がさがさの手足、気の利《き》いた言葉が言えるどころか言葉遣《づか》いが悪いと叱られる始末だ。この間も、遊君に乱暴を働いた客を蹴り出して「おととい来やがれ」と啖呵《たんか》を切った。

「ねえ覚えてる？　吉野姐さんを迎えに大門から馬車が来た日のこと」

「覚えてる！　あれは夢のようだった。姐さんも若旦那から贈られた洋装を着てたな。あのときに洋装を初めて見た。西の国の服だって」

「本当に素晴らしかったわねえ」

「ああ。見られるなら、もう一度見てみたい」

「……春雛を迎えに来る旦那さんもきっといるわ。本当のあんたに惚《ほ》れた旦那さんがね」

まるで予言をするように囁《ささや》く雪里に、春雛は困った顔で首を左右に振る。

「俺は下働きの新月だって言ってるのに、姐さんは懲《こ》りないな」

「あら。世の中なんて、いつどこで何が起きるか分かったもんじゃないのよ？」

雪里が「うふふ」と笑っていると、離れから「雪里姐さん」と童子《どうじ》の声が聞こえた。

「姐さん、早起きすぎます。もう一寝入りしましょう」

「あらあら、甘えちゃって可愛いわ。今そっちに行くからねえ」

雪里が声を張り、童子に手を振る。

「じゃあね、春雛。またね。美味《おい》しいお菓子を貰ったらお前にも一つあげようね」

「真夕さんにも菓子を貰ったよ。みんな俺を十かそこいらの子供と思ってる節があるな」

背はとうに雪里を追い越し、見下ろすほどに育った。

年だって十八なのに。

「私も真夕も、あんたが可愛いんだよ」

雪里が背伸びをして春雛の頭を軽く撫《な》で、廊下を渡って離れに戻った。

満開の夜桜を愛でたい客が大勢押し寄せて、桜森遊郭街は大いに賑わっていた。

大通りの桜が提灯《ちょうちん》に照らされ暗闇に淡く色づく。

夜空には月が輝き、彼岸《ひがん》と此岸《しがん》の境界に幽玄《ゆうげん》な橋が渡ったような、そんな曖昧な感覚にみな酔っていった。

今夜の遊郭街はどの店も繁盛するだろう。

「春雛！　人手が足りないから手伝っておくれ！　三階の枡二《ますに》の部屋に酒を持っていって！」

下げられた食器を洗っていた春雛の背に、厨房の仕切りから声がかかった。

「え？　俺？」

下働きは客の前には出ないのが普通だ。

よく見ると、料理人はみな料理を作るのに忙しい。配膳を担当する半月の使用人たちも料理や酒の盆を持って器用に走り回っていた。

逡巡《しゅんじゅん》したが遊君として座敷に出ていないのだから、その分頼まれたのなら人一倍頑張らなければと、春雛は「分かった」と言って布巾《ふきん》で両手を拭いた。

「障子《しょうじ》は開けなくていい。酒を持ってきたと告げれば、あとは中の姐さんや童子たちが上手くやる」

「はい！」

春雛は襟《えり》を正して、酒の入った容器が並べられた盆を持ち枡元屋の三階座敷に向かった。


中央が吹き抜けで、吹き抜け側に廊下と階段がある「ロの字」の造りは、枡元屋だけに限ったことでなく桜森遊郭街の特徴だった。

客や遊君の楽しそうな笑い声や、技芸の音や歌が、下から上へと駆け上がり、上から下へと降り注ぐようになっている。天井にはキラキラと輝く西洋ガラスをつるして星に見立て、階段や廊下の手すりは弁柄《べんがら》で派手な朱《しゅ》に塗られていた。

その細い廊下を、使用人たちが料理や酒を持って小走りで移動する。

春雛も、「三階の枡二」を目指して軽やかに階段を駆け上がった。

途中、空の皿を盆に載せた半月の使用人たちとすれ違ったが、彼らは下働きの春雛がここにいることに怪訝《けげん》な視線を向けても、言いがかりはつけてこなかったので安堵《あんど》する。

枡元屋の三階はご贔屓筋が使うと決まっていて、粗相《そそう》のないようにと心の中で呟きながら、慎重に歩いた。ドスドスと品のない足音を立てたら、相手をしている姐さんに恥を掻かせることになる。

春雛は廊下に両膝をつき障子越しに「お酒をお持ちしました」と声を出す。

すると中から「はぁい」と甘い声が聞こえて、障子がほんの少し開けられた。

障子を開けたのは童子だったが、その後ろから「新しい遊君が来たのか？　どれ顔を見てやろう」と大声がかかった。

と、次の瞬間。

障子が大きく開け放たれた。

「遊君のくせに、なんだその薄汚い恰好は。なんの香りもしないのは無粋《ぶすい》だぞ。体や着物に、いい香りのする香を焚け。首紐は上等な布で作れ。絹の着物の端切《はぎ》れで作れるだろう？」

上物の布で作られた着物を着崩し、右手に扇子《せんす》を持った男が「もしや、まだ座敷に上がってない見習いか？」と首を傾《かし》げた。

「俺は手伝いでここまで来た下働きです。お目汚《めよご》し失礼しました。すぐに帰ります」

春雛は童子に酒の盆を渡して立ち上がった。

だが客が彼の右腕を掴む。

「旦那さん、勘弁してやってください」と言った遊君の言葉を無視して、客は値踏みするように春雛を見つめた。

「ふうん。下働き？　なんだそれは。珍しいから座敷に来い」

「できません」

「満月である俺の言うことが聞けないのか？　半月や新月なら言うことを聞け」

座敷の向こうで、今まで相手をしていた遊君が心配そうな表情でこっちを見ている。

ああ本当に申し訳ない。

どうにか穏便《おんびん》に切り抜けなければ、みなに迷惑がかかる。

春雛は「よかったら、技芸の者を呼んできましょうか？　みな歌が上手く、楽器の扱いが巧《たく》みです」と笑顔で提案した。

彼は「技芸か……」としばらく沈黙したが、首を左右に振る。

「お前の方が毛色が変わっていて面白そうだ。お前が歌え。踊れないなら服を脱げばいい」

そう言って大声で笑った。

ああ、この男は自分が満月であることを笠《かさ》に着て、遊君や使用人をいじめたい質《たち》なのか。こんな奴が満月だなんて。

春雛の頬がひくついた。

「申し訳ありませんが、俺にはなんの技芸もありませんので退屈させてしまいます」

「だったら褥《しとね》の上で楽しませてもらうしかないな」

「……あの」

本当に、つくづく、なんでこんな糞野郎が満月なんだ？　俺の知っている満月の旦那さんの中でも最低の満月だ。

春雛は頬を引きつらせ、かろうじて笑顔を見せると「それはできません」と言った。

「あれもだめ、これもだめ。遊郭なのに客を楽しませられないなんてどういうことだ?」

男は春雛の手を放したと思ったら、怯《おび》えている遊君と童子に向かって足で膳《ぜん》を蹴り上げる。

小さな悲鳴と食器の割れた不穏な音が同時に響き、あんなに騒がしかった三階が徐々に静まりかえっていった。

みな座敷の中で聞き耳を立てて様子をうかがっているのだ。

「旦那さん、それはやりすぎだ。気分を損ねたなら店を出て行けばいい」

「なんだと? 俺はこの店がいいと友人に紹介されてやってきたんだ! なにもせずに帰れるか!」

顔を赤くして怒鳴る男を前に、春雛がため息をついた。

「ではあなたはそこの二葉《ふたば》姐さんの馴染みじゃないってことですね?」

すると客は眉間《みけん》に皺《しわ》を寄せて「は? 当たり前だ!」と言って、ぐっと顎《あご》を反らして見せた。

「……………そっか。分かった。俺は下働きだから、店の迷惑にならないよう頑張ると心に決めて働いてきたが、あんたのような客がいたら姐さんたちは仕事にならない」

再び遊君に視線を向けると、彼女は「ありがとうね」と言わんばかりに小さく笑って首を上下に振った。

「たった一度で常連を気取ってんじゃねえよっ！　野暮天《やぼてん》がっ！　あんたのその態度が、紹介してくださった旦那の顔に泥を塗るってのが分からないのか？　おいっ！」

春雛の大きな啖呵に、「何か始まったようだ」と、みな部屋の障子を開けて廊下に身を乗り出した。

「春雛の大声は響くね」「この間もふざけた客を追い出していたよ」などと遊君が囁きあい、客は客で「もっとやれ！」とはやし立てた。

「な、な、何を言ってるんだっ！　新月が満月に逆らっていいと思ってるのか！」

思いがけずに周りの部屋の見世物になってしまった男は顔を赤くして怒鳴った。

「うるせえよ。あんたみたいな満月は、枡元屋の客じゃねえ！」

客たちが笑顔で「いいぞ！　いいぞ！」とヤジを飛ばす。

「黙れ！　新月のくせに！」

客がじりじりと廊下の手すりに春雛を追い詰めた。

このまま、あと一度強く押したら、春雛は手すりから吹き抜けへと落ちてしまうだろう。

「謝罪をすれば許してやるが？」

「誰がっ！」

春雛は客の向こうずねを蹴り上げて、ひるんだところで体勢を整えた。

満月に手を上げる新月など言語道断。

ただしここは遊郭街で、枡元屋の主が法となる。

春雛の反撃を喰らった客は拍手と失笑を浴びた。「おいおい」と逆に心配する声まで聞こえてきた。

「この、お前……っ！」

激高した男が左手で春雛の着物の袖を力任せに掴んで引き寄せ、右腕を振り上げる。

狭い廊下だ。この場所で殴られたら、その勢いで転落してしまうだろう。

遊君と客が「やめて！」「待ちなさい！」と大声で制止する。

だが一度頭に血が上った男には何も聞こえなかった。

「こいつが悪いんだっ！」

春雛が観念して目を閉じる。

誰もが大惨事を想像した。

しかし。

「もうそこいらでやめておいた方がいいと思うが？　聞くに堪《た》えない。恥を知れ」

春雛を殴ろうとしていた男の腕を、一人の男が難なく掴んでいる。

肩まである髪を一つに結って垂らし、自分の着物の上に遊君の派手な着物を羽織《はお》っている。

普通ならだらしなく見えるのに、不思議ななまめかしさがあった。

目の色は瞬《またた》く星のような金色をしていて、一目で満月と分かる。

満月の目の色は、半月や新月のように黒ではなく、とても美しい様々な色をしているのだ。

美しく堂々とした満月の登場に、遊君たちから「翠《すい》様！」と浮かれた声がかかった。

「どこの誰だか知りませんが、首を突っ込んだら怪我《けが》を……」

そろそろ主を呼ぼうと思っていた春雛は、やれやれという調子で「翠様」と呼ばれたもう一人の客に顔を向けたまま、途中で言葉を失った。

暗い場所から突然明るい場所に連れてこられたように、眩《まぶ》しくて周りがよく見えない。

心地のいいなんとも言えないいい香りが漂い、あっという間にその香りに包まれた。

その途端、心臓が早鐘《はやがね》を打って背中にどっと汗が流れる。

手のひらも汗でじっとりと濡れて、たちまち高熱に浮かされたように目眩がした。

なんだこれは……っ！

さっきまで背筋を伸ばして啖呵を切っていた春雛は、自分の身に何が起きたのか分からずに足を震わせる。

「翠様」と呼ばれた男はというと、目を見開いて春雛を見つめている。

きっと彼にじろじろと見られているから、こんなにも苦しくて居心地が悪いのだ。

春雛は彼から視線を逸《そ》らそうとしたが、ぴくりとも動けない。

「あ、あれ……俺は、いったい……」

春雛は自分に何が起きたのか理解できずに目を潤ませる。

「そうか。なるほど」

何に気づいたのか、翠が小さく何度も頷いた。

「騒ぎを起こすな。君にはすでにお相手がいるはずだ。さっさと座敷に戻るがいい。それができないなら今すぐここから出て行け。これ以上、恥を掻きたくはないだろう？」

そっと腕を放しながら低く優しい子守歌のような声色の中に、言葉で相手を従わせようとする支配階級の威圧感を垣間《かいま》見た。

遊郭街には様々な身分の満月が遊びにやってくるが、春雛は、今すぐにでも膝をつきたくなるような威圧感を初めて覚えた。

足の震えは止まったが、呼吸が浅くなって息が苦しい。

階下からは吹き抜けを通して「翠様の声が聞こえた！」とはしゃぐ無邪気な遊君の声が聞こえた。

「そ、そちらに指図されるようなことではない……！」

とは言いつつも、春雛に絡んでいた客は「不愉快だ！　帰る」と言って、身の回りのものをかき集めて逃げるように階段を駆け下りていった。

「これで一件落着だ。そこで突っ立っている下働きの新月、お前の啖呵はなかなか良かった」

「いや、その、俺は……店に合わない客を追い出すのも、下働きの仕事だから……っ！　俺は俺の仕事をしたまでだっ！」

笑顔で近づいてくる男に、春雛は俯《うつむ》いたまま声を荒らげた。

頼むからそれ以上近づいてくれるな。

強く甘い香りに酔う。威圧感に押しつぶされて吐きそうだ。

「俺のところへ来い。今すぐだ」

翠が春雛の耳元に「お前、熱砂を患っているだろう？　他の新月にその熱が移ったらどうする」と早口で囁く。

熱砂だと？　確かに、もし熱砂を患っているなら、他の新月たちの熱砂を誘発してしまうので危険だが、目の前の満月に圧倒されて、息が詰まって足が震えているだけだ。熱砂の周期でもないのに患うわけがない。

春雛は「またしてもわけの分からない客か？」と眉間に皺を寄せる。

「分からないはずがない。俺たち二人だけの香りが充満している。今すぐ俺に抱かれて番になれ。それがお前の運命だ」

「何言ってんだ！　俺は遊君じゃない！　なんで俺があんたの誘いに乗らなきゃならないんだよっ！　助けてくれたことには感謝する！　はいこれでおしまい！」

すると周りの座敷の遊君たちが「翠様に何を言ってるの！」「勿体《もったい》ないっ！」と悲鳴のような声で春雛を叱る。

どうやら「翠様」は枡元屋の上客で、遊君の評判もいいらしい。

客のことに関心がなかった春雛は、「翠様」の人気を今知った。

「でも俺は、その、自分の仕事をしただけだから！　洗い場に戻ります」

近寄られただけ後ずさり、言い訳を叫ぶ。

寄れば寄るほど香りにほだされ、下腹が熱くなって落ち着かない。

だが翠はそれを許さずに左手を伸ばし、春雛の右腕を素早く掴んだ。

「待て。春雛と言ったな？　お前は『俺』に反応しておいて、俺よりも洗い場を選ぶと？　俺を選ぶのが筋だろう！」

「はあ？　なんでそうなるんだよ！　確かにあんたは綺麗で堂々としてるけど！　俺は別にあんたの傍《そば》にいたいなんて……思わない。洗い場にたまった食器を洗う方が大事だ！」

それが俺の仕事だからと胸を張るのはいいが、今はいけなかった。

遊君たちは「何を言ってるの～、春雛～」「翠様に呼ばれたら取りあえず座敷で酒を飲みなさい～」と彼の決断に今にも気絶しそうになっているし、騒ぎを聞いて駆けつけた真夕は右手で顔を覆《おお》って「頑固かよ」と突っ込みを入れた。

童子たちは震えて無言のままだ。

「下働きは、滅多《めった》なことじゃ座敷の手伝いはしない。今日は特別忙しいから手伝っただけだ。だからあんたのことは知らない。今、初めて見た」

初めて見て、そして、今も甘い香りに苛《さいな》まれて心臓は早鐘を打っている。

あまりに綺麗な金色の瞳が気恥ずかしくて、目を合わせられずに俯いてしまうのが悔しい。

悔しくて、胸の奥が苦しくて、そして、下腹が無性に熱くて気持ちが悪い。

「出会った瞬間すぐに分かったはずだ」

「なんのことだよ」

「しらばっくれてもらっては困るな。体の著《いちじる》しい変化と匂いだ」

「この甘い香りはあんたか！　頭がくらくらして死にそうなんだけどっ！」

「……お前はいろいろと分かっていないようだから、俺がしっかり説明してやろう。さあ、出かけるぞっ！」

元気よく大声を出す翠に、真夕が「無理強《じ》いは勘弁してくださいよ」と声を掛ける。

「何を言うか、俺は優しい男だ。任せておけ！」

まだ返事はしていないし、自分のする返事は決まってる。

なのに翠に強引に抱きかかえられた。

かつて吉野が馬車に乗るときに、若旦那に抱えられたのと同じ体勢だ。

周りから「あらいやだ～」「きゃー」と黄色い悲鳴が上がった。

「なんだよ！　下ろせ！　なんで俺が抱っこされるんだ！」

「名前に雛がついているだけに、囀《さえず》るのは得意だな」

「ううう……っ！」

そんなことを言われたら、悔しくて怒鳴れない。

春雛は顔を真っ赤にして恥ずかしさに堪え続けた。


「枡元屋！　春雛を借りるぞ！」

なんの騒ぎだと店先に現れた主に、翠が笑顔で言った。

春雛は「ぎゃー！　ふざけんなーっ！」と助けを求めて手を伸ばす。

「いくら翠様でも、貸借《たいしゃく》の証をいただかないと店の者を大門の外には出せませんよ！」

主が慌《あわ》てて紙と筆を持って追いかけてきた。

「俺は急いでいるんだが？」

「たとえ王や領主であっても遊郭街の法は守っていただきます。大門の中は我らのしきたりで動いておりますゆえ」

翠は「それは分かっているが」と低く呻《うめ》いてから、使用人貸借の証を見下ろす。

そこには、「枡元屋使用人の春雛を借り受ける。代金は遊君一夜の花代《はなだい》とする」と書かれていた。

「略式ですが、ここの一番下に名前を書いてくだされば問題ありません」

「分かった」と言って、翠が書類の一番下に筆で自分の名前を入れた。

主は「ふむ」と頷いてから、春雛に顔を向ける。

「春雛。とてつもない玉の輿《こし》だ。そうかそうか……お前のような新月は通好《つうごの》みだったのか。私もまだまだ勉強が足りないね。何はともあれ頑張るんだよ？」

すがすがしい笑顔で主に言われた。

「意味が分からないんだけど！　おとうさんっ！」

春雛が叫ぶ後ろで、馬番が「翠様の馬を連れてきました」と立派な馬の手綱《たづな》を引いてやってきた。

翠が乗ってきた馬に一緒に乗せられて、そろそろ閉まりそうな大門を通り抜ける。

生まれて初めて大門の外に出た。


翠に抱かれて連れて行かれた先は、様々な色の絹の天蓋《てんがい》で飾られた寝室だった。

天蓋から垂れ下がる風よけの布は長く、寝台を覆うように作られていて、一番内側は虫が入ってこないよう蚊帳《かや》になっている。

下ろされた寝台はほどよい固さで変に体が沈み込まず、柔らかな掛け毛布は何でできているのか分からないが、猫の背を撫でているように触り心地がいい。

　石造りの立派な屋敷の豪華な部屋に連れてこられて、春雛は混乱している。初めて馬に乗れたのに楽しさなんて皆無だった。

「閨房《けいぼう》に自分の寝室を使うのは初めてだ」

「……あの、翠様？」

「俺の本名は翠嵐《すいらん》という」

「翠嵐……？　あれ、どこかで聞いたことがある……？」

　翠嵐の両手で頬を包まれた。

「俺の立場はそのうち分かるだろう。……お前を一目見て胸がときめいた。心臓が高鳴った。お前からはとてもいい香りがした。お前も俺と同じ思いのはずだ。なぜなら俺たちは『永遠《とわ》の蜜月《みつげつ》』だから」

　何を言っているんだ、こいつ。

　春雛は彼を見上げてしかめっ面《つら》をする。

　そもそも初対面で翠嵐にときめくことなどなかった。

　ただただ、強烈な違和感に冷や汗が流れて目眩が起こり、心臓が早鐘のように打ち鳴らされただけだ。きっとあのまま見つめていたら、気持ち悪さに倒れていただろう。

　翠嵐が圧倒的な満月なので、新月の自分は気圧《けお》されたのだ。

「……そんなこと、あるもんか」

「永遠の蜜月を知らないのか？」

「知ってる！　真夕兄さんが教えてくれた！　満月と新月には、この世でたった一人の運命の相手がいるって。でもそれはおとぎ話だって知ってる。永遠の蜜月は、新月を慰めるための嘘だ」

首を噛んだら番になるが、それ以上に、恋人がいても夫婦であっても、富も名誉も何もかもをかなぐり捨ててまで共にいたい相手が「永遠の蜜月」だという。

「柴胡領で見た」「どうやら水冠国にいるらしい」「私は西方の国と聞いた」と、噂は流れてきても、実際に出会ったことはない。

「俺も今まではそう思っていた。お前に会うまでは、そんなの迷信だと思っていた」

「じゃあ俺のせいかよ」

思わず言い返してしまった。

「そうだな。お前のせいだな。俺はそろそろ理性の限界だ」

頬を包んでいた翠嵐の指が、耳の後ろをゆるゆると撫で回す。

「やめろ」

「運命には抗《あらが》えない」

「やめろ。触るな。俺は……そんな運命……」

指で触れられた場所が熱く疼《うず》き、胸の奥がきゅっと痛む。

股の間に熱が集まっていくのが分かったので体をよじって離れようとしても、翠嵐に押し倒されて肩を押さえつけられた。

「ああ……とてもいい香りがする。永遠の蜜月だと、こんなにも新月は香るものなのか」

耳に唇を押しつけられた途端に、春雛は抵抗できなくなった。

体が思うように動かないどころか、翠嵐を受け入れようと足が勝手に開いていく。

「春雛。下働きなんて本当は嘘だろう？」

着物をたくし上げられて太ももを撫でられる。

ほんの少し触れられただけで、春雛の体は満月を受け入れようと内側から変化した。下腹が熱くなって中がとろりと濡れていく。

翠嵐の指が、春雛の股間を包み込んだ下穿《したば》きに触れた。

「や、やだ、やめろ……、そんなこと、するな……っ」

「ここは遊郭の座敷ではないのだから、演技などいらんぞ？　好きに囀ればいい」

「違う……っ、俺、こんなこと……っ、一度もしたことない……っ！」

荒い息を吐きながらの告白に、翠嵐の動きがピタリと止まった。

「……どういうことだ？」

「だから！　俺は本当に下働きなんだっ！　遊君じゃないっ！」

「遊郭で働く新月は、遊君として座敷に上がるのが一般的だろう」

「でも、俺は違う……っ」

体の中が熱くて苦しくてどうしていいか分からないほど気持ちが昂《たか》ぶっているときに、嘘なんて言えない。

視界が霞《かす》んで、自分が泣いているのだと分かった。

「泣くな泣くな。いきなり運命だなどと言ったから怖かったんだな？　こんなに心躍《こころおど》ることは初めてで、勢い余ってしまった。悪かったから泣き止《や》んでくれ」

よしよしと、頭や頬を撫でられるのは赤ん坊になった気分だ。いつもの春雛ならば「離せ」と生意気なことを言っただろうが、翠嵐の手が思いのほか優しかったのでされるままでいた。

「俺は……母さんの遺言《ゆいごん》と枡元屋のおとうさんの厚意で、座敷には上がってない」

「そうか……。枡元屋はお前の母にたいそうな恩義を受けたのだな」

「でも、俺は新月だから……いつまでも下働きじゃいけないと思ってるんだ」

「ならば、ちょうどよかったじゃないか。俺たちは運命の番だ」

「だから！」

春雛は両手で顔を擦りながら起き上がり、「運命じゃないし、番にもならないっ！」と大声を出す。

「項を噛まない限り番にはならないし、俺は誰にも噛ませるつもりはない。あと、あんたのしているとは人さらい」

「いや……そこまで言われるようなことをしたか？　俺が？　枡元屋の主との取引は成立したんだが」

翠嵐は本当に分からないようで、首を傾げて春雛を見た。

「俺の気持ちを全く無視しやがって、そんな屈託《くったく》のない顔をされても困る！」

「永遠の蜜月を前にしたら、個人の気持ちなど関係ない。それに、多幸感に包まれてずっと傍にいたい離れたくないと感じて……」

「それ本当か？　ただの噂じゃないのか？　現に俺は、目眩や吐き気、冷や汗が垂れて気持ち悪くなったぞ！　い、今だって、そのっ……できれば叫び声を上げてここから逃げたいくらいだ！」

言ってやった。

どれだけ酷いことをしたのかと、この満月に知らしめたかった。

すると翠嵐は小さなため息をついて春雛の脇に腰を下ろし、腕組みをした。

「……王都に留学中、永遠の蜜月の噂を聞いた」

「えっ！　本物の永遠の蜜月に会ったのか？」

春雛はついさっき自分が放った言葉も忘れて、勢いよく翠嵐の顔を覗《のぞ》き込む。

「会ってはいない。噂だけだ。しかし、こんなにも噂が消えないのは、やはり本物がいるからこそなんだろうという結論に至った。そして今、俺は本能で確信した。なのにお前にとっては、俺は傍にいるのも辛《つら》いほど気持ちの悪い男か……？」

眉間にわずかに皺を寄せ、切なげな表情で問われてしまった。

いやそれ、気持ち悪いの「意味」が違うし……と言い返したかったが、それもなんだか違う気がした。

春雛は「あんたは綺麗だと思う」とそっぽを向いて取りあえずの事実を述べる。

「俺と違って綺麗だ。ははっ、なんで自分を攫《さら》った相手を慰めてんだろ、俺」

そんなことをしているよりも、さっさとこの寝室から外に出て深呼吸したい。

この部屋は、とても甘い匂いが充満して苦しい。

「啖呵を切る威勢のよさだけでなく、そういう可愛いところもあるんだな」

「は？」

「永遠の蜜月は諸刃《もろは》の剣《つるぎ》でもある」

翠嵐がその場にごろりと寝転び、春雛を見上げて小さく笑った。

「それは……どういう？」

「どんなに嫌いな相手、憎い相手であっても、永遠の蜜月と分かったら離れられない。地獄の生涯だ」

「そんなの……項を噛まなかったら番にならずに済むじゃないか」

「それができないんだよ。顔を見るのも嫌なのに噛まれたい。殺したいほど憎いのに噛んで傍に置きたい……そうなるんだそうだ」

春雛は、永遠の蜜月のいい話しか聞いたことがなかった。

そんな地獄のような組み合わせがあるなんて、にわかに信じられない。

「その顔は、『本当か？』と疑っている顔だな」

「だ、だって……そんな酷い永遠の蜜月の話なんて……聞いたことがない」

「まあほら、そういう番は心中してしまうからな。話も伝わりづらい」

翠嵐が「大学の書庫でその手の記録を読んだんだ」と言った。

心中と聞いて、収まっていたはずの冷や汗が流れだす。そういえば、ちょっと気持ちが悪い。

「記録は記録で当事者の心情は記載されていないから、どんなことを思って心中したのか分からないが、そういう輩に比べたら、俺たちはとても幸せな『運命』だと思わないか？」

「あんたのは『運命の勘違い』だ。俺はただの新月で、そんな凄《すご》いものじゃない。もう帰る」

「待て」

寝台から立ち上がったと思ったら、帯を掴まれて引っ張られた。

「離せっ！」

寝転がりながら翠嵐に蹴りをお見舞いするが、彼は最初こそ目を丸くしただけで、すぐに笑顔になった。

「ははは。元気がいい」

「うるせえっ！　俺を笑うな！　あんたの玩具《おもちゃ》じゃねえんだよっ！」

今度は腕を振り回し、その腕が翠嵐の肩に当たった。

「あいたた。……満月に乱暴をする新月など初めてだ。やんちゃめ。どれ、俺も反撃するとしよう」

「ふざけるなっ！　喧嘩《けんか》でそうそう負けるかよ！」

追ってくる手を拳《こぶし》で叩き落として寝台から下りる。足が床に着いたと思ったらすぐに寝台に引き戻されるを何度か繰り返して、息をついた隙に肩を掴まれた。

そのまま反動で再び寝台に転がったとき、すでに春雛は翠嵐に押さえ込まれていた。

「ははっ！　この野郎！　捕まえたぞ！　着物の裾を乱していやらしいな……！」

「おいっ！」

「まあなんだ。お前が何も知らない初《うぶ》な下働きだというのは信じるよ。だが春雛、お前もいつまでも何も知らないままじゃ嫌だろう？」

楽しそうに目を細める翠嵐の言葉に、春雛は正直心が揺れた。

「ははは、図星か」

「うるさい！　俺は帰る！」

上機嫌に笑う翠嵐が憎らしくて、春雛は真っ赤な顔で「帰る！」を連発する。

「間違えた。……笑ったりして済まなかったな。今の俺は『永遠の蜜月』と出会えて本当に浮かれているんだ。春雛を怒らせたいわけじゃない」

「あんたが楽しそうなことは分かる。でも俺は……満月のあんたと一緒にいて熱砂になったなら面倒だなって……。決まった相手がいないと凄く苦しい思いをするんだろう？　苦しむところを人に見せたくない」

「俺に任せておけばいい。お前が心配することなんてこれっぽっちもないんだ」

「俺は……その、熱砂になったこと……ないから……だから、想像で言ってみただけ」

新月が数ヶ月に一度陥《おちい》る「熱砂」を癒やす方法は、定期的に「熱砂丸」を飲む以外は満月との交合しかない。

新月の熱砂に誘惑された満月は、新月を抱くことしか考えられずに一週間から十日は寝食を忘れて交合し続ける。

しかしこれも、番がいればまったく問題なかった。

大変なのは独り身の新月だ。熱砂に陥ったら最後、体から溢《あふ》れる誘惑の香りをどうにもできずに酷い目に遭《あ》う。

「よかった……。だがこれからは熱砂に怯えることはないぞ？　俺がしっかり春雛の項を噛んで番にしてやるからな？」

「俺はあんたとは……翠嵐さんとは番にならない。だって、番ってのはあれだろ？　いわゆる

『夫婦』ってやつだろ？　夫婦は好き合ったもの同士でなるんだ」

するとと翠嵐が目を瞬いた。

「好きな相手とじゃなきゃ……俺は何もできない」

息が苦しくて胸の鼓動が高鳴る。

翠嵐に触れられているところが火傷《やけど》をしたように熱く、そして腰がくすぐられるように疼くのを感じた。

だがこれは、圧倒的な満月に見下ろされているからだ。

自分を見下ろしている男には権力がある。そして美しい。けれど、春雛は恋に落ちなければ番にはなれない。

「そうか。だったら、まず、俺という満月を知ってもらわないとだめだな」

「そ、そうだな……」

「だから、俺にも春雛を教えてくれ。初めてなのは分かったから、信じられないほど優しく、いやというほど気持ちよくしてやろう」

知るって……そういう意味なのか。

春雛は首を左右に振ろうとして、翠嵐の右手に顎を掴まれた。

「お前は何もしなくていい。そのまま、俺に可愛がられていろ」

近づいてくる翠嵐の唇に、慌てて「誰かと接吻《せっぷん》するのも初めてなんだ」と言ったら、翠嵐は喉の奥で笑って「それは嬉しい」と言った。

何もしなくていいと言われても、体は勝手に動いてしまう。これが新月の本能なのだと思わなければ、恥ずかしくて死にそうだ。

春雛は着ているものを脱がされて、今は足首に下穿きだった布を絡ませている。翠嵐を受け入れやすいように両脚を大きく広げて勃起《ぼっき》した陰茎《いんけい》から先走りを滴《したた》らせ、後孔《こうこう》は愛液で蕩《とろ》けていた。

「ほら、気持ちがいいだけで怖くないだろう？」

確かに翠嵐の接吻は、頭の中がぼんやりするほど心地いい。けれど拙《つたな》い自慰しか知らない春雛は、陰茎以外のところを愛撫《あいぶ》されて感じる自分が信じられずに混乱していた。

「待って、待ってくれ、勝手に触るな……っ」

胸をまさぐられながら耳を舐められて、がくがくと腰が震える。耳に触れられて感じるなんて知らなかった。

「大丈夫だから感じていなさい。新月の体はそういうものだ。本能に抗うと辛いだけだからね？　春雛」

耳に口づけるような囁きと同時に乳首を指先で小刻みに弾《はじ》かれて「あっ」と大きな声が出た。

今までそんな大きな声は堪《こら》えていたのに、一度出てしまうともうだめだ。

「あ、あっ、んんんんっ、そこ、やだ……っ」

今度は両方の乳首を弾かれる。

初めて他人に触れられた場所は今は興奮して膨《ふく》らみ、いやらしい硬さを晒《さら》した。

「本当に、あっ、だめ……っ、恥ずかしいから、やだ……っ」

「そうか？　俺は春雛の表情を見られて嬉しい。もっと、いろんな顔が見たいな」

翠嵐の両手が胸から下腹に向かう。

今度は大事な場所を弄《いじ》られるのだと思った春雛は、恥ずかしくて涙が零《こぼ》れそうになる。

だが翠嵐の手はそこではなく両脚の付け根に触れて、そこを優しく揉みだした。

親指が内股を押し、それ以外の指で付け根を撫でられる。

「はっ、あ、あああっ、あっ、あっ、や、だ、やっ……」

春雛がかぶりを振るたびに陰茎が揺れて先走りが飛び散った。翠嵐の手の甲にも滴《しずく》が散ったが、彼は気にせず春雛を甘く責め立てる。

「そんなに気持ちがいいか？」

「う、うぅっ、う……っ、あ、あああっ」

陰茎に触れてもらえないもどかしさと、足の付け根の愛撫に酔った春雛は、自分の右手で陰茎を握りしめた。

「だめだよ春雛。まだ我慢できるだろう？　手を離して。そう、両手は頭の上においていて」

優しい声なのに抗えない。

春雛は両手を頭の上に置き、「恥ずかしくて苦しい」と言った。

「可愛いよ、春雛。ちゃんと俺の言うことを聞いてくれた」

ご褒美のように何度も接吻されて頭の芯《しん》がくらくらする。

そういえば酒もまだ飲んだことがなかった。客たちが気持ちよさそうに酔って上機嫌になっているのを見るが、春雛は翠嵐が教えてくれる「酔い」の方が、なぜかとても上等な気がする。

翠嵐の唇が顎から首筋、そして胸に下り、赤く膨らんでいる乳首を食《は》まれた。

「ひゃっ、あっ、あ、あ……っ」

わざと音を立てて強く吸われると背が仰《の》け反《ぞ》る。

体に変に力が入って、このままでは足が攣《つ》る……と思ったところで、翠嵐の指が後孔に入ってきた。

「あ、あ、そんな……っ、俺の中……っ」

指が動くたびに、陰茎を受け入れるための愛液がくちゅくちゅといやらしい音を立てる。

増やされた指で中を掻き回されると、初めてなのに感じてしまう。乳首だってそうだ。弄られたり吸われたりしてすぐに感じてしまう。

「春雛」

翠嵐が胸から顔を離して「先に一度達しておこうか」と言った。

「なに……？」

「春雛が、俺の指で初めて達するところが見たい。見せてくれ春雛、お前の可愛い顔……」

目を細めて、まるで愛しいものを見るように微笑《ほほえ》まれたら「嫌だ」と言いづらい。

間髪を容《い》れずに「嫌だ」と言うには、春雛はもう「酔い」が回っていた。

何も言わずに視線を逸らしたら、それを合意と理解した翠嵐が動き始めた。

「んっ、んん、あっ、あああっあっ、んっ、んっ……ああっ」

激しく突き上げる指が、春雛の腹の中のもっとも感じる場所を的確に刺激する。何度も何度もそこばかりを突かれていくうちに下腹に衝撃が走り、目の前に星が飛び散って陰茎からは勝手に精液が溢れ出た。

苦痛なんてどこにもない。

むしろ快感だけがあとからあとから押し寄せて、スッキリするどころか下腹が切なく疼いて涙が零れて止まらなくなった。

「春雛、ほらたくさん溢れてくる」

「うっ、う、ぁあああっ、あっ、だめだ、だめ、止まらないっ、も、止まらない……っ」

春雛は後孔を指で貫かれながら、それに合わせて腰を激しく揺らす。触れずに達した陰茎からは再び精子が溢れ出て、彼の腹から脇腹にとろとろと流れ落ちていく。

「あっ、だめだ、また、何か来る……っ、翠嵐さん！　何かくるっ、やだ……っ、こんなの知らない……っ」

腹の中で生まれた快感を吐き出すすべを知らずに、春雛は夢中で翠嵐に両手を伸ばした。

「大丈夫だ。俺にしがみついたまま足を伸ばして、力を入れて、下腹に力を入れて……」

春雛は言われるまま翠嵐の首に両手を回し、力を込めて足を伸ばす。

その間も肉壁をほぐすように指が増やされ、後孔から腹の中を執拗《しつよう》に愛撫された。

「あ、あ、あ、あ……っ、翠嵐さん……っ、ああああっ！　俺、変だ。体がおかしいよ、翠嵐さん……っ、助けてっ」

体の中で快感が弾けた。

激しい目眩と甘すぎる香りで体は酔ったままだ。射精とは全く違う未知の快感に恐怖を覚え、春雛は力任せに翠嵐にしがみついて泣きじゃくる。

「大丈夫だ、怖くない。俺がいるだろう？」

「う、うっ……頭……おかしくなる……っ」

「初めてなのに腹の中で達せるなんて、俺たちが『永遠の蜜月』だからだぞ？　最初はこうはいかないものだ」

そっと指を抜かれただけで、体がぴくんと震えた。

翠嵐は春雛の精を指ですくい取って口にする。

「何して……っ」

「これが、春雛の初めての味だ。甘いな……蜜月の精液は甘くて旨い」

翠嵐が、ぺろりと、わざと舌を出して指についた精液を舐めるところを見せつける。自分の陰茎が舐められているような錯覚に、思わず興奮する。

「そ、そんなのっ、知らない。息が苦しい……っ」

「俺も苦しいよ。お前の甘い香りに包まれてさ。こんないい香りは今まで嗅《か》いだことがない。夢中になる。ずっと傍に置いて、どこにも出さない。離したくない……っ」

翠嵐の告白が怖い。

彼が理解している「永遠の蜜月」を、春雛は全く理解できていないのだ。こんな強い想いを受け止めることなんてできない。押しつぶされる。

「春雛、俺から離れるな。俺たちは運命の番なんだ」

首を左右に振っても、体は翠嵐に応《こた》えてしまう。

俯《うつぶ》せにされて腰だけを持ち上げられたかと思ったら、後孔にすっかり硬くなった陰茎を押しつけられた。

「俺、俺は……っ、初めてだから、こんなことするなんて……っ」

「大丈夫だ。俺のものになって」

「俺はものじゃない。俺の気持ちを無視して勝手に、こんなことをするなんて、あんたは、なんて酷い人なんだ……っ！」

酷いと言っているのに翠嵐は動きを止めず、新月である春雛の体も満月を嬉しそうに受け入れていく。

「あ、あ、あ、やだ、入ってくる。俺の中に……っ、初めてなのに、こんないきなり……っ」

とろとろに濡れた後孔は初めてでも苦痛を感じない。

そんな仕組みの体が悔しい。

好いた相手とすることならば多少の無体《むたい》はむしろ喜びなのに。体だけを奪われて、まともに恋もさせてくれないなんて。

「春雛、大丈夫か？」

「しっかり突っ込んでおいて言う台詞《せりふ》かっ！　満月だからって……無体を働いていいわけじゃないだろ……」

最後はもう涙声だ。

情けないやら恥ずかしいやら、上等なシーツにボタボタと涙がこぼれ落ちる。

「すまない。俺が……我慢できなかった。少しでも早く俺のものにしたかったんだ」

「心の準備ができる前に、なんてことするんだ……っ」

「だから悪かった」

そう言いながら翠嵐が動きだした。

そうなると春雛は文句を言えずに、せめて声を出すまいと唇を噛んで堪える。

「春雛、声。聞かせてくれ」

誰が聞かせてやるものか……と決意した途端に首紐を解かれ、首が露《あら》わになった。そこを舐められる。

「あっ！　ああっ、あ……っ！」

ここを噛まれたらおしまいだ。

満月の番にされて、子供を産むまで延々と体を責めさいなまれるのだ。

翠嵐が春雛を突き上げながら、首筋を甘噛みする。

その力が徐々に強くなった。

「噛むなっ！　噛んだら俺は死ぬっ！　本当だぞっ！　勝手に噛むなんて許さないっ！　俺の気持ちを無視するな馬鹿野郎っ！」

「……俺を残して死ぬなよ」

翠嵐はしばらく春雛の首筋に唇を押しつけていたが、ようやくそこから唇を離した。

「この状態で、俺を脅《おど》すなんてなんて新月だ。…………だが、そういうところも可愛いと思う。今は、お前の声を聞くだけで我慢しよう」

満月と繋がることで体が勝手に喜ぶのが分かった。

いっそ苦痛が欲しかった。そうすれば、苦痛を和らげるために快感を拾ったのだと自分に言い訳ができるのに。

「ん、んっ、あ……っ、そこ、あ……っ、俺、初めてなのに……っ」

体の中から翠嵐のいいように変えられていく気がした。

翠嵐の甘い香りに幾重《いくえ》にも包み込まれて窒息してしまいそうだ。なのに腹の中を翠嵐で満たしてほしいと願ってしまう。

こんなことはしたくないし、運命の番だと言われても信じない。

「春雛、俺の番」

「違う。違う……っ！　俺はあんたの番じゃない……っ、もういやだ……っ」

嫌なのに。

腹の中を激しく突きあげられると、身震いするほど気持ちよくて、勃起した陰茎は漏《も》らしたように精液を滴らせる。

「あっ、それ、だめ……っ、そんな強いの……っ」

「やめない。お前は俺の番だとしっかりと教えてやる」

翠嵐の動きがどんどん速くなり、やがて春雛の中にしたたか射精した。

「は、あっ、あ……っ、熱い……熱いのが……っ！　んんんんっ！」

腹の中に満月の精を受け止めて絶頂する。

息がちゃんとできなくて苦しいし、酸欠で頭痛がする。翠嵐から離れて新鮮な夜の空気を吸い込みたかった。

「まだ、足りない。春雛が足りない」

腰を掴まれ、翠嵐が再び勢いよく突き上げる。

「はっ、あ、あああっ、あっ、達したばかりなのに、そんなことされたら……っ」

「うん。お前は健気《けなげ》に締めつけてくれて、とても可愛い。春雛、可愛い」

肉のぶつかり合う破裂音を響かせながら、翠嵐が「可愛い」と繰り返す。

「やっ、あ、またくる……っ、だめ、こんな恥ずかしい……っ、何度も……っ」

一度中で達すると続けて達しやすいのか、春雛は背を仰け反らして射精した。勢いも量も衰《おとろ》えないのが信じられないほど恥ずかしい。

けれど恥ずかしいと思う間もなく翠嵐に責め立てられ、射精のない絶頂に悲鳴を上げる。

「も、達してるから！　さっきからずっとっ！　腹の中、おかしくなるっ！」

また項を舐められた。

「もっとおかしくなればいい。そうすれば、俺の永遠の蜜月だって思い知るだろう」

「それだけは……頼むから……っ！」

寝台にぐいと押さえ込まれて情けない声を上げる。

「分かってる。我慢してやるよ。噛まない代わりに痕《あと》をつけさせてくれ……」

何をされるんだ？

俺は一体何をされるんだ？　怖い。呼吸が苦しい。早くこの男から離れたい。怖くて冷や汗が垂れる。なのに体が疼いて翠嵐を欲しがる。

「酷いこと、しないでほしい……っ」

「そんなこと絶対にしないよ。ほら、気持ちよくなって」

翠嵐に項を吸われるたびに達して体が痙攣《けいれん》する。もうだめ、これ以上気持ちよくされたら死んでしまう。助けてくれと、泣きながら願ったのに。

「達する春雛が可愛らしくてやめられない」

耳元で囁かれて甘い絶望に沈められる。快感もよすぎると辛いだけなのに、何度も首筋を強く吸われた春雛は、悲鳴を上げながら絶頂した。


眩しくて目が覚める。

天蓋から垂れ下がる布越しに日の出を見た。

疲労困憊《こんぱい》で体はピクリとも動かないが、その代わりに翠嵐が「水を飲め」「風呂に入るぞ」

「敷布は換えたから安心しろ」とかいがいしく世話をしてくれた。

寝心地のいい寝台の中でまどろむのは最高の気分のはずだ。

翠嵐との一夜がなければ。

それでも風呂に入れてもらった礼はする。

「……その、風呂に入れてくれてありがとう。誰かに風呂に入れてもらったのは、母親以外じゃ初めてだ」

「それはよかった。俺はこれからも春雛と一緒に風呂に入るぞ。俺の大事な運命の番だ」

またそれだ。

春雛は低く呻いてから「違う」と言った。

「……何が違うんだ」

「俺は……永遠の蜜月なんて求めてない。……店で真面目に働いて一生を終える。もしも、誰かと恋に落ちることがあったら、そのときはどうなるのかまだ分かんないけど、俺は新月だから恋人なんて贅沢《ぜいたく》なのかもな……」

「そうか？」

「遊郭で働いていても、相手が見つかるわけじゃない。俺は下働きだからさ。永遠の蜜月どころか番だってできるかどうか」

翠嵐はゆっくりと体を起こして、その場で胡座《あぐら》をかいた。

「何を言ってるんだって笑う？」

「そうじゃない。春雛。お前は恋を知らないんだ。だから体が先に結ばれて戸惑っている。これからは俺に恋をする努力をしてくれ」

「…………え？」

「俺はもう春雛以外の番は考えられないから問題ない。ただ一人の妻と決めた『永遠の蜜月』だからこそその、必要な手順と思っておこう。それでどうだ？」

「そんなことありえないからなっ！　そもそも俺はあんたの立場だって知らないんだ！　いきなりこの屋敷に連れてこられて、あれこれされた俺に、何か言うことがあるだろ！」

「あー……そうだな。すっかり忘れていた。俺は当帰領領主の息子だ。いずれは当帰領を父から引き継いで統治する」

領主の後継だと！

春雛は己の愚行《ぐこう》の数々を思い出して青ざめる。

「それなら、もっとだめだ。あんたは領主の後継で、俺は遊郭の下働きなんだから！　遊び以外の何があるってんだ！　むしろ、遊びでなくちゃだめだ！」

「ほう……つまり春雛は、何があっても俺に恋をしないと、そう言いたいのか？」

「そうだ」

本当の「永遠の蜜月」なら感動的な出会いがあっただろうが、春雛の翠嵐に対する第一印象は悪かった。最悪に近い。

だからこれは、単なる勘違いなのだ。

「なるほど、そうきたか。まあいい。いくらでも手はあるさ」

「なんだよ」

「俺がお前に尽くして惚れさせてやるよ。なんというかとても新鮮な気持ちで愛を叫べそうな気がする」

「いやそれは無理だから。俺は遊君じゃなく下働きだ」

「だから、いくらでも手はある」

「あんたは領主の後継じゃなくて盗賊の頭目《とうもく》か？　どんな危ない手を考えてるんだ！」

春雛は「言え！」と翠嵐の肩を揺さぶったが、彼はどこ吹く風でにやにやと笑った。

翌日の朝。

春雛は、翠嵐と一緒に馬に乗って桜森遊郭街の大門をくぐって枡元屋に戻って来た。

ここに到着するまで散々見世物となったのに、今度は店で遊君に囲まれて問い詰められる。

番となった新月は首紐を外すしきたりになっているが、春雛は巻いたままだったので、「翠様の番にならなかったんだ」「よかった！」とあからさまに喜ぶ声が聞こえた。

そもそも首を噛まれて番になったら、遊君として店にいることはできない。噛んだ相手に保護されるか、大枚《たいまい》で買われるか、娶られることになっている。

他の遊君たちは「大丈夫だったかい？」「酷いことはされなかった？」と春雛の首紐がきっちり巻いてあるか確認して喜んでくれたが、「私たちの翠様を独り占めするなんて！」「のこのこと戻って来やがって！」など、こっそりと春雛の腕をつねったり叩いたりする者もいた。

「まあどっちにしろ、戻ってこられてよかったよ！」

真夕が笑顔で迎えてくれて、春雛は心の底から安堵した。

「相手は翠様だから楽しかったろうさ。ねえ春雛」

雪里も、春雛の無事な顔を見て笑顔だ。

「はいこれは土産《みやげ》だ。西洋の菓子だよ。みんなで分けて食べるといい」

翠嵐は枡元屋の使用人に大きな箱を手渡して、今度は主を見た。

「我が儘《まま》を聞いてくれてありがとうよ、枡元屋」

「なに。ちゃんと代金を払ってくれて、貸した使用人を無傷で戻してくれれば、なんにも言うことはありません」

「そりゃそうだ。ところで、春雛は俺の専属にしてくれないか？」

さっきまで「菓子だ」「菓子だ」と喜んでいた遊君たちが、一瞬で静かになった。

当の春雛さえ、反応できなかった。

ずっと下働きだった春雛に遊君が務まるとは誰も思っていないのだ。

そもそも、誰か一人の専属遊君など今まで誰も許されたことがない。口では「専属だよ」と言って馴染みになっても、客はいつぱったり来なくなるか分からないのだ。

「翠様。それですと遊君が路頭に迷わないよう契約をしてもらいませんと。それでも問題ありませんか？」

「当然だ。口約束で終わらせるつもりはないよ」

翠嵐の言葉に喜んだ枡元屋の主は、「では金額のご相談と署名について話し合いましょう」と実にいい笑顔で言った。

真夕が「おとうさん、その顔はちょっとあくどい」と呆《あき》れたが、枡元屋は「私の顔はいいんだよ。春雛にちゃんと花代が入るし、もしかしたら嫁に行けるかもしれない」と言い返す。

この言葉に、遊君の中から「おとうさんの贔屓」「春雛は遊君じゃないのに」と不満の声が漏れた。

だが主が「専属契約を結んでくれる馴染みがいるなら、いつでも私に言っておくれ」と言ったら誰も何も言わなくなった。

「おとうさんはああ言ってるけど、俺は遊君じゃねえ。でもそうだな。俺に金が入るなら……じゃねえよっ！　翠様！　あんたは何を言ってんだよ！」

「ははは。俺は、お前を口説《くど》き落として番にするよ。俺がいなくちゃ生きていけなくしてやろう。そんな恋をしてみないか？　春雛」

店の主や遊君のいるところで宣言するようなものではない。

客でも遊君でもない、ただの二人の人として恋に落ちるか落とすかの、そういう話なのだ。

「あんたって奴は…………っ！」

春雛が顔を赤くして怒鳴る傍から、使用人頭《がしら》の波澄《はすみ》が「これはとんでもない遊びが始まったな！　さあさあ、みんなどちらに賭けるんだい？」と手を叩き出し、さっきまでぽかんとしていた遊君たちが我も我もと賭けに参加し始めた。

「頭《かしら》の兄さん……話を大きくしていいのかい？」

真夕が心配顔で訊《たず》ね、雪里も「賭けになるのかしら？」とつまらなそうに唇を尖《とが》らせる。

二人に詰め寄られた使用人頭は、伸びた鼻の下を隠そうともせずに「そうだな」と思案した。

「何を考えてんだよ、二人とも！　頭の兄さんも、変なことを考えなくていいですから！」

春雛は必死に声を上げるが、騒ぎを聞きつけて店の奥から現れた女将《おかみ》が「私たちが胴元《どうもと》になった方がいいねえ、あんた」と、主の背を威勢よく叩いた。

「翠様が落とす方に賭けるよ！」「春雛が落ちない方！　面白そうだから」「逆に張っても負けるだけだよ」と言いながら、みな次々と金を賭けていく。

賭け事の話が外まで聞こえたのか、近隣の店の者まで顔を覗かせた。

「春雛に賭けるなんて勿体ない。みんな俺に賭ければいい。ああ、それだと儲《もう》からないか」

翠嵐が手を上げて自信たっぷりに言うが、みなに「また翠様ったら！」と笑われて終わった。

雪里と真夕の二人だけが「楽しみたいが賭けにならないね」と言い、周りから「遊んだ者勝ちなのに」と呆れられる。

「だったら俺は俺に賭ける！　翠様が俺に惚れて惚れて惚れまくって、俺がいなくちゃ生きていけなくしてやるよ！　俺に会うために枡元屋に大枚を注ぎ込むんだっ！」

遊郭街で大事なのは肩書きや本名ではなく金払いのよさだ。

「俺に賭けたら大儲けだぞっ！」

大きな声を出す春雛に、「そりゃそうだ！」と声がかかる。

それに、いつも笑顔で遊君をわけ隔《へだ》てなく優雅に遊ぶ翠嵐が、たった一人の遊君に首ったけになる姿を見てみたいという好奇心もあった。

遊郭街は客が楽しむだけじゃないのだとばかりに、枡元屋には朝っぱらから笑い声が響き渡った。


「俺はただの下働きなのに……なんでこんなことに……大変なことをした……」

春雛は早々に自分の部屋に引っ込んで、平べったい綿《わた》の布団に寝転んでため息をついた。

殺風景な使用人部屋だが、小さな座卓の上にある湯飲みと急須《きゅうす》は西洋の赤い花が描かれていて鮮やかだ。

母の形見として大事に使っている。

他にも帯や着物、髪飾りなど豪華な品はたくさんあったがどれも女物だったので、女将に頼んで遊君たちに配ってもらった。

「本当に、俺目当てで店に来るんだろうか……翠嵐さん」

店の者たちと乗りよく騒いでしまったが、一人になると心にずっしりと不安がのしかかる。

「来るね！　絶対に来るね！」

真夕が勢いよく障子を開け、笑顔で「お邪魔するよ」とずかずかと入ってきた。

「はいよ。頂き物のお茶と菓子だ。これでも食べてゆっくりしな」

春雛は飛び起きると、座卓に手ぬぐいを敷いてから真夕から熱い鉄瓶《てつびん》を受け取ってそこに置く。

真夕は懐に入れていた小さな茶筒《ちゃづつ》と菓子を引っ張り出して鉄瓶の横に置き、春雛が差し出した薄っぺらい座布団に正座した。

「ありがとう、兄さん」

「なんのなんの。…………ところで、翠様とはどうだった？　ちゃんとできたか？　お前は初めてだっただろう？」

急須に茶葉を入れようとしていた春雛の動きがピタリと止まる。

「いや、まあ…………それなりに」

「翠様は上手くやってくれたってことでいいのかな？　春雛」

「あー…………多分、そう」

どうして閨房での翠嵐のことを聞かれるのだろう。

春雛は曖昧に笑って「兄さんたちの方がご存じのはずだ」と言った。

「いやいや、知らないよ」

「え？　だってうちの上客なんだろ？　俺は見たことないけど。……はい、お茶」

春雛は真夕に湯飲みを渡して首を傾げる。

「だって翠様は、座敷に呼んだ子みんなとお酒飲んで食事をして、歌って踊って帰って行くから。たまに『疲れたからちょっと寝ていく』って、勝手に布団に入って寝るけど」

なんだそれ。

遊郭の使い方を間違っているような気がする。

「いやでも、一度ぐらいは……」

「翠様はどの店に行っても、飲んで食べてはしゃいで、それで帰って行くんだよ。どの店の馴染みでもあるけど、誰とも床《とこ》を一緒にしたことがない。……まあ、翠様の立場を考えれば、ここで子供を作るわけにもいかないいから仕方がないんだけどな」

ふふと、喉の奥で笑う真夕に、春雛は「あの人の正体を知ってるってこと？」と囁くように聞いた。

「おとうさんやおかあさんたちは知ってるよ。あとは、店の看板遊君はね。他の子たちは『金払いがいい上に、ちょっと気の利いたことをすると紙花《かみばな》をくれる素敵な翠様』って感じだけど」

「じゃあ……真夕兄さんも……」

「そりゃあね！　うちの店だと俺や雪里、二葉は知ってる。あとは、勘のいい子はもしかして……と思っているかもね」

春雛は下働きだから知らなかった。

屋敷に連れて行かれて初めて、翠嵐の正体を知った。

「だからみんな興味津々なのさ。翠様はどんな感じだったのか。俺が代表して話を聞いてくるってことになってな」

真夕は「かはは」と大口を開けて笑い、お茶で喉を潤《うるお》した。

「俺は……初めてだったから……その！　あの人が上手いとか下手とか全く分からなくて、ただ……」

真綿《まわた》で包《くる》むように優しくて嵐のように激しかった。

低く甘い声で「可愛い」と何度も囁かれた。「俺たちは永遠の蜜月なんだ」と言われた。

具体的に何をされたかなんて、春雛の口から言えるはずもなかった。

「う……、その、俺の口からは何も……」

彼との一夜はあまりにも過激で、春雛は顔を真っ赤にして何も言えなくなる。だがその仕草だけで真夕には分かったようだ。

「なるほど、凄かったのか。なるほどなるほど！」

「兄さんっ！」

にやにや顔で見られるのが恥ずかしくて、春雛はぷいとそっぽを向いた。

「何をどうしたいのか、俺を番どころか嫁にしたいだなんて、あの人はおかしい」

「まあ、うん。『楽しい賭け事』となってしまったけど、まあいいよ。みな娯楽が大好きなんだ。……でもお前は、賭け事など関係なく、翠様と一緒にいる方が幸せになれると思う」

そんなはずはない。

春雛は首を左右に振って「分かんない」と言った。

「分かんないんだよ、兄さん。俺は恋を知らない。愛も分からない。そういうものとは無縁で生きてきた。これからもそれでいいと思ってるんだ」

余計なことなど考えずに働いて、枡元屋へ恩返しをしたい。それだけだ。

「そんな勿体ない生き方でいいなんて、じれったい子だ」

真夕は小さなため息をつく。

「分不相応《ぶんふそうおう》を考えないだけだ」

それでも、心の奥底には夢を隠しているけれど。

春雛はお茶を一口飲んで「いいお茶だね、兄さん」と言って笑った。


翌日。

はたして、店頭に提灯の火がともる頃に翠嵐がやってきた。

「大門まで馬車で来て、大通りを花見をしながらのんびり歩いてきたよ」

ちょうど桜は満開で、あとは散るのを待つだけだ。

今夜は長椅子に腰を掛けて遊君と花見酒を楽しむ客も多い。

春雛は、使いの童子に「翠様がご到着！」と言われて緊張した。

三階の立派な座敷の一つをあてがわれただけでなく、翠嵐から贈られた着物を着て帯を締めている。首には細かな刺繍《ししゅう》の入った絹の首紐を巻いた。

着物と首紐と帯が店に届いたときは、女将や遊君たちが「さすがは翠様、気が利くねえ」と感嘆の声を上げた。

着替えを手伝ってくれた真夕と雪里が「こんな高価な着物を貢《みつ》がれて、番にも嫁にもならずに賭けに勝ったら爽快だね」と笑う間も、ずっと緊張していた。

結うほど長い髪はないし、そもそも手入れなんてしていない。手は水仕事で荒れているし、安い草履を履いているから足もがさがさしている。

口の悪い遊君に「下働きには勿体ない」「似合ってないわ」と笑われても、その通り過ぎて反論できなかった。

代わりに怒鳴ってくれたのは真夕と雪里で、本当に申し訳ない。

二人も「馴染みが来たから」と部屋を出て行ってしまったので、春雛は一人で緊張し続けた。

ああくそ、決めたことなんだから堂々としろ。今更緊張しても遅いと自分に言い聞かせて、翠嵐を待つ。

童子が「春雛さん、翠様です」と言って障子を開けた。

そこには、昨日会ったばかりの翠嵐が立っている。

彼は何を驚いているのか何度か瞬きをして、座敷に入ってきた。

「よく似合っている」

嬉しそうに目を細めて言う翠嵐を前にして、照れくさい。

「そ、そうか？」と言って、くるりと一回りして見せてやったら、ますます「お前は赤がよく似合う」と褒められた。下働きに着物を着せて褒めるなんて変な男だ。

童子が笑顔で「お飲み物は……」と訊ねるが、翠嵐は何も言わずにじっと春雛を見ている。

「あの……？　翠様？」

「あ、ああ、悪かった。適当に何でも持ってきて。あと食事をするから食事の膳もね、二つ」

翠嵐が童子を追い出すように障子を閉め、すぐさま春雛に近づく。

「贈り物は贈ってくれた相手に着て見せるものだと、おかあさんに言われたからな。それに俺には、座敷に上がる着物がないから助かった。ありがとう」

春雛は翠嵐の前に正座し深々と頭を下げて礼を言った。

「お前を嫁にすると決めたのだ、これぐらいは造作《ぞうさ》もない」

「いやだから、俺はあんたの番にも嫁にもならねえって。ここの下働きなんだから。それを忘れないでくれ」

ぴんと背筋を伸ばして、翠嵐を真正面から見上げる。

「ほう」

「あんたがおとうさんと契約を交わしたから、俺はここにいるんだ」

「ははは。通うと決めた初日から厳しいことを言う」

「大事なことだから、最初にびしりと言わないと」

それでもここは遊郭なので、やることはやるのだ。

春雛は腹をくくる。

するとさっきまでの緊張はどこかへすっ飛んだ。

「よし！　布団も敷いてある！　寝るとするか！　遊君としての心得《こころえ》のない俺を選んだのだから、所作《しょさ》が雑でも許してくれ！」

春雛は着物の裾を踏まないように立ち上がり、翠嵐の襟元を両手で掴んだ。

「勢いはいいけど……」

「俺に色っぽいことは求めるな。……ええと、着物を脱がすにはどうしたらいい？　帯か？そうだ帯が先だな！」

春雛は翠嵐の後ろに手を伸ばそうとして、ぽすんと彼の胸に納まってしまった。

翠嵐からはとてもいい香りがしたが、あまり嗅いでいると酔いそうだ。

「焦《あせ》らなくてもいいよ。まずは、酒を飲んで食事をして、ゆっくりと話をしよう？」

「でも、ここは遊郭だ」

春雛は翠嵐を見上げて唇を尖らせた。

「いい香りを発しながら可愛い顔をしないでくれ」

「俺は……髪や肌の手入れができていないから、いい匂いはしない」

言わなくてもいいことを言ったような気がする。

案の定、翠嵐に髪を触られた。

「サラサラしていて触り心地はいいよ？　そうだな、少し切り揃えるともっといいかもしれない。次に来たときに鋏《はさみ》を持ってこよう」

翠嵐の指先に髪をすくわれるたびに、なにやらいけない気分になってきた。このままではまずいと、春雛の心の奥が「危険だ」と声を出した。

そこに童子が「酒と肴《さかな》をお持ちしました！」とやってきたので、今だとばかりに翠嵐から離れる。

下働きでは口にできない上等な酒や、旬の食材を使った肴が膳に載せられていた。思わず視線で膳を追ってしまったが、浅ましいと気づいてきゅっと唇を噛む。

「若竹煮《わかたけに》があるな。春雛は筍《たけのこ》は好きか？」

「好き！　………あー……でも、食べたことがあるのは、根元の硬いところだ。それでも、かりっとしてて出汁《だし》が染みていて美味しかった」

「そうか。じゃあ若竹煮は春雛に食べてもらおう」

それを聞いて顔が赤くなった。

「客の料理を食べるなんて恥ずかしいこと、できるか！」

遊君が客の料理に手をつけるということは、「店でちゃんと食べさせてもらっていない」ということで店が恥を掻く。

他の街では遊君に満足に食事をさせずに「客にねだれ」というたちの悪い店もあるが、ここ桜森遊郭街は街主《がいしゅ》の指導が厳しく店の矜持《きょうじ》も高い。腹を空かせる遊君はいなかった。だからこそ、客の膳に箸をつけることは絶対にない。

翠嵐もそれは知っているだろうに、笑顔で「一緒に食べよう」と言う。

「その客がお前に食べてほしいと思っているんだから、別にいいだろう。ほら、まずは座って酒でも飲もう」

翠嵐が床《とこ》の間《ま》を背に上座《かみざ》に腰を下ろし、酒器《しゅき》を持つ。

「それは、俺が……っ！」

「気にするな。ほら、杯を持て」

こんなところを主や女将に見られたら「何をしているんだ」と悲鳴を上げられるだろう。

「う……不調法《ぶちょうほう》で、申し訳ない」

春雛は翠嵐の前に座り、途中まで胡座を掻こうとして慌てて着物の裾を押さえて正座した。

何やっているんだ俺は。穴があったら入りたい。

顔が熱い。

翠嵐が「ちょっと待って」と顔を背《そむ》けて肩を震わせたので、ますますいたたまれなくなった。

「重ねて、不調法で……」

「ああもう！　春雛は可愛いっ！　早く俺の番になれ。俺たちは永遠の蜜月なのだから」

「その話はなしだ」

春雛は翠嵐の持っていた酒器を奪って「酒を注ぐ！」と言った。

よし、ここから仕切り直しだ。

杯に酒を注ぐなんて簡単だと思っていたが、いざ行うとなると、酒器を傾ける角度がよく分からない。

ええいままよと勢いよく傾けたら、酒は杯に収まるどころか翠嵐の袖まで濡らした。

「うわあああっ！　すまない！　な、な、何をしてんだ俺は！」

自分の着物の袖で翠嵐の腕や畳《たたみ》を拭いてから、「この高価な着物は誰からの頂き物か」を思い出して、顔面蒼白で視線を翠嵐に向ける。

目が合った途端に、翠嵐が笑いだした。

大きな声で笑わないよう我慢しながら、目尻に涙まで浮かべている。

それを見たら、春雛は急に何もかもどうでもよくなって、翠嵐と一緒に笑いだした。

自分は下働きで、どんなに綺麗な着物を着せてもらおうとも遊君の真似事など到底無理なのだ。だったら「いつもの自分」でいよう。

翠嵐の前にどかっと胡座を掻いて伏せてあった御猪口《おちょこ》に酒を注ぐと、未だ笑っている翠嵐に「飲めよ」と言った。

「……はー！　こんなに笑ったのは久しぶりだ……！　さすがは春雛、俺の予想の上を行く」

「そもそも俺に遊君の真似なんて無理なんだよ」

「思いだし笑いをしてしまうから、もう言うな」

翠嵐が御猪口の酒を受け取って一気に呷《あお》る。

「乾杯もなしかよ」

「笑いすぎて喉が渇いたんだよ。これだけじゃ全く足りないから、お代わりを頼もう」

「そうか、分かった！」

春雛は頷いて立ち上がると、障子を開けて階下に向かって「酒のお代わりを頼む！　翠様の部屋！」と大声を出した。

忙しく廊下や階段を駆けていた使用人たちが「バカ春雛！」「部屋の鈴を鳴らして厨房に知らせろ！」と、春雛に怒鳴る。

座敷に向かう遊君には「大声出して恥ずかしい」と怒られ、厠《かわや》に行く途中だった客には「初々《ういうい》しいね」と笑われる。

「そうなのかっ！」

春雛が慌てて障子を閉めて振り返ると、床の間にぶら下がっている紐飾りを翠嵐が引っ張っていた。

「言うのを忘れていた。この紐は厨房に通じていて、引っ張ると鈴が鳴る絡繰《からく》りなんだ。青い紐が酒で、白い紐が酒の肴だ。座敷ごとに鈴の音が違うと聞いている。風流だと思わないか」

そんなの今知ったしっ！

「さあ。下働きの俺には全く関係のないことだから」

「拗《す》ねるなよ。本当にお前は可愛いな」

「俺の気を引きたいなら、可愛いはやめろ。俺は十八歳の男だ」

「そうか。俺は二十五だ。結婚するにも子供を作るにもいい年齢なんだがどうだ？」

「いや、別に……」

七歳も年上なのか。そりゃあ大人なはずだ。

春雛は一人で納得して、酒器に残っていた酒を翠嵐の御猪口にすべて入れる。といっても半分もない。

「酒のお代わりと一緒に食事も運ばれてくるはずだ。腹が減っているだろう？　一緒に食べような？」

「そういうこと、どの座敷でもしていたのか？　あんたは」

「ああ。みんないい笑顔で食事をしながら、この界隈《かいわい》の話を聞かせてくれる。ここには当帰領地だけでなく様々な国の話も入ってくる。だからそれを聞くために、俺は遊びが大好きな翠様としてここに通っているんだ」

まるでもう領主になったかのような口ぶりだが、不思議とそれが嫌じゃない。

春雛は「そうか」と頷きながら、「やっぱり違う世界の人なのだ」と再確認する。

「あんたが変な賭け事遊びを始めるまでは、ここは平和だった」

「あそこまで騒いでおけば俺以外の客がお前に付くことはないだろう。予防したんだ」

「はあ？」

「お前は俺の『永遠の蜜月』だ。それを忘れるなということだよ」

またそれか。

春雛がしかめっ面になったところで、童子たちが酒と食事の膳を持って来た。

料理の膳は魚や肉、野菜の天ぷらや漬物、吸い物の他に、お茶と一緒に食べる羊羹《ようかん》があった。小鉢《こばち》に入った羊羹は一口で食べ終わってしまう大きさだが、甘い物が好きな春雛にとって「信じられないごちそう」であることに変わりない。とにかく「客に出される膳」を初めて食べて、口の中が幸福でいっぱいになった。

最後に残った茶碗の米を漬物と一緒に食べ終え、吸い物で喉を潤す。

さあいよいよお楽しみの羊羹だと思ったら、「甘い物が嫌いだったら、残しておいていいよ」と言われた。

「いや、その……俺は、甘い物が好きで……最後にゆっくり食べようと思って」

「ああなるほど。俺は好きなものはさっさと口に入れてしまうから」

思わず翠嵐の口元を見たら、彼は舌を出して唇を舐めている。

春雛と目が合うと「ふふ」と小さく笑った。

その仕草か艶《つや》やかで、見ていると落ち着かなくなる。

「よかったら、俺の羊羹も食べるといい」

「そんなことしたら、おとうさんに『ちゃんと食べさせていないみたいじゃないか』と泣かれる！」

「今は二人きりだろう？　ほら、口を開けなさい」

翠嵐が小鉢に指を入れて小さな羊羹を摘まむと、それを春雛の前に差し出した。

「でも」

「座敷の中にあるものは、すべて閨房に使っていいんだよ。蜂蜜《はちみつ》を垂らして遊ぶ客もいるそうだから、これぐらい可愛いものだ」

蜂蜜をどこに垂らして遊ぶんだろうと、そんなことを考え出したら勝手に体が熱くなった。

そして気づくのだ。この部屋は翠嵐の甘い香りで満たされていると。

「あんたの匂いでいっぱいじゃないか。甘くて頭が痛くなる」

「甘い香りは俺ではなくお前だよ。とてもいい香りで、俺の一物《いちもつ》がさっきから疼いてたまらない」

「キラキラと綺麗な顔で、そういう下品なことを言うなよ」

「安心しろ。お前にしか言っていない」

お前だけ特別なのだと言われて、胸の奥がきゅっと痛くなる。社交辞令なのに体が勝手に勘違いした。

「そうかよ」

「そうだよ。ほら、お食べ」

目の前の膳を脇に退《よ》け、膝立ちで行儀悪く翠嵐に近づく。

そして、彼の指ごと羊羹を口に入れた。

「んっ」

指に残っている羊羹の甘さをすくい取るように舐め取っていたら、「こんなこと、俺は教えていないのに」と不機嫌な声を出された。

口の中に入っていた指を乱暴に引き抜かれて、その場に押し倒される。

「お？　やるんだな？　よし！　こい！」

「…………え？」

「交合したからと言っても、俺があんたに落ちたってことにはならないからな！　大事なのは心だ！」

「ああうん……そうだね。俺が欲しいのはお前の心だ」

「でもまあ、ここは遊郭の座敷だから、やっていいぞ！　あ、今帯を解くから少し待ってくれ！」

　すると翠嵐が変な顔をして春雛から離れた。

　なにやら「違う」と首を左右に振っている。

「どうした？　それとも酒でも飲むか？」

「俺に初夜を捧げたくせに、どうしてそう『子供』なんだ、お前は」

「色気がないとか、がさつだというのは仕方がない。俺は、あんたの前でしかこんな恰好はしないんだから。相手をするのはあんただけだから慣れるのに時間がかかるぞ……！」

　当たり前のことを言った。

　なのに翠嵐は何を想像したのか「無邪気も大概《たいがい》にしてほしい。襲うぞ」と顔を赤くしてそっぽを向いた。

「信じられないほど甘く香っているくせに、どうして俺の蜜月だと認めないんだ？」

「甘い香りはあんたの方だと、何度言わせれば分かるんだよ。あんまり嗅いでいると頭がくらくらして気持ち悪くなる。……少し、窓を開けていいか？」

「だめ」

言うが早いか、翠嵐に袖を掴まれて畳の上に倒された。

突然のことで背中をしたたか打ったが、翠嵐に着物の裾をめくられて「待て！」と怒鳴った。

「だめだよ。待たない。俺の匂いに酔うなら、もう濡れているはずだ。俺の番なら蕩けるほどに濡れて、俺を待っているはずだろう？　確かめさせろ」

項を噛まれていないから番ではない。

だが噛み痕の代わりに鬱血《うっけつ》した吸い痕を残された。

春雛は「番じゃない、やめろ」と喚《わめ》くが、彼の体は着物の中を弄《まさぐ》ってくる翠嵐の指にすでに翻弄されている。

太ももを触られただけで下穿きが窮屈になるほど勃起した。後孔は今すぐにでも翠嵐を受け入れたいと愛液で濡れそぼっている。

「ま、待て、待てよ……っ」

体を捻《ひね》って逃げようとしたが、そのまま背後から腰を持ち上げられてしまう。

「さっきまでは血気盛んだったのに、どうして拒《こば》む」

「順番があるだろ！　順番！　こんな……裾だけまくり上げて触るなんて、厠で用を足すような恰好……、は、恥ずかしいだろっ！」

「ふ、ふふ……可愛いな。着物を脱がずに弄《いじく》られるのが恥ずかしいのか？」

言いながら、翠嵐の指が内股を撫で回す。指の腹で優しく撫でられるだけで、ひくひくと腰が動いてしまうのが情けない。

「遊郭で働く新月なのに、妙なところが純情なんだな。すでに俺の前ですべてを晒しているというのに、まだ羞恥心《しゅうちしん》が残っているとは」

「や、あ……っ、こんなの、だめだ……っ」

腰が持ち上がって足が開くと、反動で顔が畳に擦られる。

逃げ出したくても翠嵐の両手で股間を押さえられてどうにもならない。

先走りと愛液が混ざり合い、下穿きから畳へととろとろと滴り落ちた。こんなにたくさんの量で畳を濡らして恥ずかしい。

「お前がちゃんと俺を好いてくれるまで項を噛んだりしないよ。だから、それ以外のことはいろいろさせてほしい」

長い指が器用に動いて、春雛の性器を意地悪く愛撫していく。

「や、あっ、そこ、だめっ、そんな……っ、あ、あ、あ、出る……っ、翠嵐さん、だめ、指離して……っ」

いやいやと首を左右に振ってもやめてくれない。ぐちゅぐちゅと股間からいやらしい音が響いて、春雛はぐっしょりと濡れた下穿きの中に射精した。

裸になってするものだと思っていたのに、着物を着たままどころか下穿きを穿いたまま射精してしまった。

「可愛い。春雛、可愛いよ。達するとお前の匂いがより一層濃くなる。最高だ……」

耳元に熱く囁かれて、このままもう翠嵐の好きにしてほしくなる。

だが彼が首紐を解いてそこを甘噛みしたことで、春雛は我に返った。

「それはなしだって言ったじゃないかっ！」

「強く噛んでない。味を確かめるだけで……」

「だめだって！　やめろ！」

噛まれたら最後、翠嵐のものになってしまう。

恋も愛も知らないまま、彼に買い取られるのだ。

「触るな……っ！」

春雛は渾身《こんしん》の力で翠嵐の下から抜け出す。

「綺麗な顔だからって、強引に迫ればいいと思うなよ！　翠様の馬鹿野郎っ！」

「いやだって、春雛が可愛くてつい……」

自分が悪いことをしたなんてこれっぽっちも思ってない。

そうだった、この男は満月だ。しかも領主の後継という特別な満月。

「酒飲んで落ち着けってんだ！　まだいっぱい残ってるのに勿体ねえ！」

「あとで一緒に飲もうと思って」

「俺だって若竹煮を食べたかったよっ！　馬鹿野郎っ！」

春雛は座布団を掴んで力任せに投げた。

翠嵐が避《よ》けたので座布団は障子を破壊して回廊の下に落ちていく。

「避けるな！　バカ！」

「いやいや、失敗するたびに悔しそうな顔の可愛い春雛を見られるし」

「なんなんだよ！　あんたはっ！」

座敷にあるだけの座布団を翠嵐に投げつけるが、すべて避けられた。

階下から「なんなのさ！」「危ない！」と悲鳴が上がる。

「怒っている顔も可愛い。見飽きないね」

「うるせえ！」

春雛は、床の間の花瓶を持って投げつけようとしたところで、駆けつけた使用人頭の波澄に
「それは大変高価な西洋の壺《つぼ》！」と叫ばれて取り押さえられた。

「あーあー本当に、何をやってんだろうね、この子は。不幸中の幸いは、翠様が全く怒っていなかったのと、他のお客さんたちが喜んでいたことだ。障子は壊れたし、中庭の池は掃除をしなきゃならない。ここに閉じ込められるのも仕方のないことだよ？　春雛」

真夕の声が、木戸越しに聞こえてくる。

昨夜の騒ぎから、春雛は離れ奥の仕置き部屋に入れられていた。

「仕置き部屋に三日間閉じ込め。口に入れられるのは水だけって、ずいぶん軽い罰だ。ここが桜森遊郭街でなかったら、裸にされてから殴られ蹴られて、散々酷い目にあっていたんだからね。おとうさんとおかあさんが『仕置きなんてしたくないが示しがつかない』ととても気を落としていた。……聞いているのか？　春雛」

「聞いてる。自分がどうしようもない馬鹿だっていうのも分かってる。おとうさんとおかあさんにも申し訳がない」

土間《どま》に筵《むしろ》が敷かれた、三畳《じょう》ほどの狭い部屋には窓がない。

水や食料を手渡す小窓は外からではないと開かない仕組みだ。

「翠様はいい人だと思うけど、何がいけないんだい？」

「俺のことを番だって、永遠の蜜月だって言う。俺はあの人の傍にいると甘い香りで目眩がするし、頭がくらくらして気持ちが悪くなるのに。そんな相手が蜜月であるわけないじゃないか。なんでそれが分からないんだろう」

下働きの着物を着て筵の上に正座したまま、春雛はため息をつく。

「それに関しては俺は何も言えないが……」

「こんなことを言っても仕方ないのは分かってるけど、恋ってものをしてみたい。こんなこと、真夕兄さんにしか言えない。そうでないと、下働きの新月なんだから番になってくれるだけありがたいと思えって笑われる」

「だったら、翠様と恋をすればいいんじゃないか？　それで丸く収まるし春雛は玉の輿だ」

「あの人は綺麗だし将来も安泰《あんたい》だ。俺を引き取っても問題ないだろう。でも、きっと飽きるよ。俺に飽きる。愛だの恋だの語りながら迫るのは、俺が抵抗するからだ。面白がってるだけだ。そのうち飽きて、『春雛？　そんな子もいたね』と笑って言うんだ。そういうの、よくある話だろ？」

自分に言い聞かせる。

遊郭の下働きの自分が見ていい夢ではないのだと、再確認する。

「知っていたけど、本当に面倒くさい子だ。ほら、これでも食べて空腹を凌《しの》ぎな」

真夕が差し入れてくれたのは、塩にぎりとお茶。

童子でも使って厨房からこっそり持って来たのだろう。ありがたい。

「真夕兄さん、ありがとう」

「俺が勝手にしたことさ。翠様が遊びに来たら適当に相手をして帰してやるから、お前は気にしないでそこで寝てな」

真夕のぶっきらぼうだが春雛を気遣《きづか》ってくれる物言いが嬉しかった。


仕置き部屋から汚らしい姿で出されて、使用人頭の手で間髪を容れずに風呂に入れられた春雛は、今は厨房の隅っこで握り飯を食べていた。

「翠様が今夜やってくるそうだから、くれぐれも大人しくしていろよ？　お前が騒ぐと、『枡元屋の新月はみなああも気が強くて乱暴者なのか？』と噂をされて、他の新月たちが迷惑を被《こうむ》る。自分一人で生きているわけじゃないんだよ？　春雛。お前は十八、あと一年半ほどで成人の仲間入りだ。いつまでも駄々をこねているんじゃない」

使用人頭は淡々と春雛を叱りつつ、こっそりキュウリの漬物を差し出してくれた。

彼は大門に捨てられていたところを枡元屋の女将に拾われ、それ以来ここで働いている。真面目だが遊君のあしらいが上手く商才もあるので、将来はきっと枡元屋を継ぐだろう。

春雛は使用人頭の凜《りん》とした男らしい横顔を見つめ、「いろいろと申し訳ない」と頭を下げる。

「俺に言ってどうするよ。飯を食ったら、おとうさんのところへ行って頭を下げるんだよ？」

「それで許してもらえるかな……。俺、ここから追い出されたら行くところがねえよ」

波澄は大きな手で春雛の頭を撫で回し「そうはならないだろ。賭けもまだ終わってないし」と笑ってみせた。

春雛はため息をつき、「賭け事を始めたのは頭の兄さんが最初だからな？」と、喉まで出かかった声をかろうじて飲み込んだ。


主と女将の部屋には、山ほどの美しい反物と帯、そして目を開けていられないほど煌《きら》びやかな髪飾りや耳飾りが積まれていた。

「翠様がお前にと贈ってくださったんだよ。嫌われずにすんでよかった」

「お前にはこっちの紅《べに》色の反物が似合うから、これで着物をこしらえようね。あと、藍《あい》色に金《きん》糸《し》の刺繍が入った反物もきっと似合うよ」

主は安堵し、女将は春雛の着物を作る反物を前に自分のことのように喜ぶ。

「ありがたい……でいいんですか？　俺、こんなにいっぱいいらないので、他の姐さんたちに配ってください」

「それをするにもまず翠様に感謝だよ春雛」

「はい。おとうさん、おかあさん。申し訳ありませんでした。俺は二度と騒ぎを起こしたりしないので、ここで働かせてください」

正座して深々と頭を下げる春雛に、主と女将は「当たり前だ。ここで働いてもらうよ」と口を揃えて言った。

「でもまあ、雛菊が初めて座敷に上がったときのことを思い出せば、その子供のお前もあれくらい暴れるわよねえ」

女将の言葉に、主も「そうそう。あれは酷かった。雛菊も仕置き部屋に三日入れた」と思い出を語る。

母さんもそんなことに……。

春雛が知っている雛菊は「桜森遊郭街一の売れっ子」ということだけで、当時のことを話してもらえるのはとても嬉しい。

「だからといって、何もかもを真似なくてもいいからね？　これからはしとやかに」

「はい、おかあさん」

春雛は深々と頭を下げて部屋を出た。

三日も働かないでいると体がなまる。

力仕事でもなんでもしたかったが、春雛が壊した障子も、汚れた中庭の池もすべて綺麗にされた後だった。

何もすることがなくてどうしようと思っていたところ、遊君の一人に「春雛、ちょっと!」と手招きされた。同い年で気立てのいい珊瑚《さんご》だ。

照れくさそうにもじもじと立っているのは、春雛に頼み事があるからだ。

下働きの春雛が遊君たちに頼まれるのは、何も雑用ばかりではない。恋文の代筆という重大な仕事もある。春雛は亡き母の遺言で文字の読み書きを習うことができたので、馴染みの旦那から手紙を貰っても読めずに困っていた遊君に「もしよかったら」と声を掛けたことからこの大事な仕事を引き受けることになった。

「また恋文をお願いしたいの。代筆してくれる?」

母屋と離れの住まいを繋ぐ渡り廊下の端でもじもじと頼まれて、春雛は笑顔で「いいよ」と頷いた。

「馴染みの人が最近来てくれないのよ。どこか別にいい人でも作ったのかしら」

珊瑚は「あの人なら私を迎えに来てくれると思ったのになあ」と愚痴《ぐち》る。

「あまり湿《しめ》っぽくならないよう、待ってますって感じにしておく? それとも……」

そこに数人の遊君が通りかかった。風呂上がりの浴衣姿で濡れ髪も色っぽい。

彼女たちは春雛の隣にいる珊瑚に向かって「あんたのいい人は、向かいの花咲《はなさき》屋に通ってるって話よ」「あんたに飽きたんじゃない？」と言って笑う。

「おい、姐さんたち！　その言い方！」

「怖い怖い。ここで騒ぎを起こして仕置き部屋に連れて行かれるなんていやよねえ」

「下働きに、一体どんな技巧《ぎこう》があるのかしら」

彼女たちは春雛を見てくすくすと笑い、足早に自分たちの部屋に戻った。

「飽きた……まあ、そう言われても仕方ないわよね」

「そんなことない。きっと来られない理由があるんだ。だからもう少しだけ待とう？　俺が珊瑚の代わりに目一杯気を引く恋文を書くから」

気合いを入れた春雛の言葉に、珊瑚は深々と頭を下げた。


さすがに、あんな騒ぎはもう二度と起こすわけにはいかない。

春雛は翠嵐から贈られた反物や飾りを横に置き、遊君らしい派手な着物を着ていた。

「たくさんの贈り物、ありがとうございます」

「いや。この前のことは俺のせいなのだから、その詫《わ》びだと思ってくれ。まさか仕置き部屋に入れられていたとは……」

「入れられてたよ。俺が悪かったからな」

目の前の翠嵐は深く長いため息をつくと、渋い表情で腕組みをした。

「どうしたんだ？　いつもの、よく分からない自信たっぷりの表情がない」

「大事な蜜月を仕置き部屋に入れてしまった」

「頭に血が上って前後不覚になった俺が悪いんだ。あんたがそんな萎《しお》れることはない」

「それはそうなんだがな」

またしてもため息をつく翠嵐。

いつもの陽気な彼からは想像もできないほどの渋い表情だ。

「仕置き部屋なんて悪さをすれば誰でも入れられるもんだから気にするなよ！　それより俺は、あんたがしょんぼりしている方が嫌だ」

翠嵐が顔を上げ、驚愕《きょうがく》の表情を見せた。

「え？」

「『俺の番は乱暴者だな』ぐらいに思って笑ってくれる方が、俺の気持ちも楽だ。な？　終わっちまったことを気にすんなよ、翠嵐さん。笑顔で酒を飲んでくれ」

なんで俺は敵に塩を送ってるんだ。

このまま、翠嵐が戦意喪失してくれればいつもの穏やかな日々が戻るというのに。

腹の奥底に何やら妙な使命感のような熱が湧き出て、翠嵐を鼓舞《こぶ》したくてたまらない。

「あんたがそんなしょんぼりしていると、調子が狂うって。いつもの自信たっぷりな翠様じゃないと、こっちも怒ったり怒鳴ったりできないというか……」

自分でも何を言っているのか分からなくなってきた。

ただ、顔が熱くて汗が出る。

「春雛。酷い目に遭ったのに、俺を慰めてくれているのか？」

「仕置き部屋で水だけで三日間過ごすことになったけど、姐さん兄さんたちが食べ物の差し入れしてくれたし」

「そうか。……まあ、よくよく考えれば、ちゃんと専属契約をしているのだから、お前が酷い目に遭うはずがない」

「そうそう」

「気持ちが乱れすぎだな、俺は。枡元屋の主にも後で謝っておこう……」

「そうしてくれ」

翠嵐の安堵のため息を聞き、春雛までほっと一息ついた。

「うむ。いろいろあったがよかった！」

「よくはねえよ」

気持ちよく突っ込みを入れた後、翠嵐が気まずそうに咳払いをする。

「……あー……そうだな。よくない。これからは春雛が酷い目に遭わないように俺が気を配る。

お前の言うとおり、俺たち二人に道理はない。強く惹かれ合う熱い気持ちしかないんだ。そして俺はお前を妻として迎える……っ！」

ああ、元気になった。元気になってしまった。

翠嵐が目を輝かせて「俺の蜜月」と言うのは面倒だが、これでいつもの調子だ。

「今夜は素晴らしい夜だな。こんな素晴らしい夜に、お前のために土産を持ってきたよ」

まるで太陽のように輝きながら、翠嵐が笑顔になる。

「何を？」

翠嵐が着物の袷《あわせ》から引っ張り出した紐はただの紐ではなく、西洋の美しい平らな紐だ。見る角度を変えると違った色に見える。

どれもこれも、彩雲《さいうん》のような美しい色をしていた。

「首紐？　それにしては華奢《きゃしゃ》な作りだな……」

「西洋の絹の髪紐で『りぼん』と言う。今度会ったらお前の髪を整えてやると言っただろう？

頭に結んで飾り付けてくれ」

手のひらに載せられた美しい西洋の紐が、自分に似合うのか分からない。

「綺麗だ……でも、俺には似合わないよ。がさつだし、不調法だし……」

髪飾りにしても、きっとどこかに落としてしまいそうだ。

だが翠嵐は、右手で春雛の髪を一房《ひとふさ》掴んで首を左右に振る。

「そんなことはない。似合うよ。お前に似合うのはどの色だろうかと考えながら選んだんだ」

「……俺のことを考えながら？」

「ああ。俺の可愛い春雛に似合うようにな。だからこの不揃いの髪をどうにかしような？」

カチンと、きた。

不揃いで悪うござんしたと、言い返したかったが、春雛は堪えた。

「お、俺は……騒ぎを起こして店に迷惑をかけたくない……」

「いい心がけだ。さて、そのみっともない不揃いを鋏で切ってあげよう」

「みっともないって言うなっ！」

怒鳴ってしまったが、一度だけだから許してくれ。

それに、座敷の外は客と遊君たちの艶やかな声でいっぱいだから、春雛の大声などかき消してしまうだろう。

「……すまない。俺が悪かった」

「翠嵐さんは一言多いんだよ」

「多分それは、お前の怒った顔が見たいからだ。可愛くてたまらないんだ」

「う……っ」

近づかれた分だけ、尻でずり下がる。

「酷いことはしないから、逃げないでくれ。……そうだ、俺の話をしよう。十五から十八歳まで王都に留学していた。帰郷してからは領土を旅してきた。いろんな人に出会った。いろんなものを見た。……春雛は、何を知りたい？」

春雛の世界は遊郭街で終わっている。

だから、翠嵐が教えてくれるなら、なんでも知りたい。

「王都のこと。どんなところなんだ？」

「すべての芸術と知識が集まった場所だ。毎日どこかで祭があり、学生は学校だけで飽き足らずに茶屋でも議論し、商売人たちはめざとく流行を見つけてくる。子供ははしゃぎ、老人たちは公園の長椅子で遊戯盤で遊びながら語り合う。若者はいつも誰かが失恋して、また新たな恋に落ちる」

恋に反応した。

王都に行けば恋ができるのか。

春雛が「翠嵐さんも恋をした？」と聞いたら、曖昧な表情で笑われた。

「過去は過去。今は今。愛しいのは春雛だよ」

「その言い方……店ごとにお気に入りの遊君がいる旦那の台詞みたい」

「やめてくれ。俺は春雛が愛しい」

「俺が、永遠の蜜月でなくても？」

笑いながら、少し意地の悪いことを訊ねた。

翠嵐が欲しいのは「永遠の蜜月」であって春雛ではない。きっとそうだ。

「どうだろう。そんなこと考えたことはなかったな。そもそも、『たられば』は卑怯じゃないか？」

「だって、運命なら否応なしに惹かれ合う」

するとと翠嵐は「そういう特性をひっくるめて、春雛が好きだということではだめなのか？」と真顔で聞いてくる。

「そうじゃなく。もういいです。王都の話を聞かせてください」

「いやいや、はっきりさせよう。…………ふむ。つまり、ああそうか！　なるほど！　可愛さの余り俺の心臓が弾けそうだぞ、春雛！」

「勝手に弾けろよ」

「照れるな。『番』が先ではなく『春雛』を先に愛してほしかったのか。そうか、だが俺たちは出会ってしまったのだからどうしようもない」

なに言ってんだこいつ。

春雛は顔を真っ赤にして「そんなの知らないし！」と首を左右に振るが、翠嵐ににやにやと嬉しそうに笑われた。

心の奥の何かを暴かれたように悔しくて、「笑うな」と怒っても、「ごめんね」と優しい声で返されて喧嘩にもならない。

「少しは俺を好いてくれたか？　春雛」

「やだもう……。今の翠嵐さんは嫌いだ」

すると翠嵐がまた笑った。

何も可笑《おか》しいことは言ってない。

「二人でいるときは、俺を翠嵐と呼んでくれ」

「俺は、声、でかいし……他の人に正体を知られない方がいいんだろ？」

「じゃあ、春雛は俺を何と呼びたい？」

翠嵐の右手が、よしよしと春雛の頬を撫で、耳を優しくくすぐった。

「あ」

「春雛……」

「王都の話は？」

「髪を切りながら話してあげるよ。今夜は長いぞ。なにせ俺は泊まりだ」

翠嵐の指が耳朶《みみたぶ》から耳の後ろへと移動して、未だ吸われた痕が強く残る項を撫で回す。

「そこは、いやだ」

「分かってる。春雛が噛んでくれと言わない限りは噛まない。だがお前は俺の番だということを忘れないでくれ」

翠嵐の甘い香りが強くなる。

甘くて目眩がした。いくら嗅いでも慣れないのに、春雛は逃げられなかった。

「また、気持ち悪くなる。苦しい。翠嵐の甘い匂いは、苦しくて……息が詰まる……」

「俺も同じだ。苦しくて息が詰まる」

「翠嵐」

「いつも、俺をそう呼んでくれ。可愛い春雛」

耳元で囁かれて背筋がぞくぞくする。

王都の話を聞きたかったのに今夜は無理そうだ。

「お前は元がいいのだから、髪を整えれば周りの連中は見栄《みば》えのよさに驚くぞ」

「下働きの見栄えがよくてもなあ……。王都にも遊郭はある？」

「あるよ。王都の成人は十八歳で十八から遊郭街に入れる。遊び方はここと変わらない」

「ふうん……。他に、面白いこととかある？」

あちらこちらに跳ねた髪を、翠嵐が手櫛《てぐし》で梳《す》いてくれるのが気持ちがいい。

「素直な髪だから、毎日櫛《くし》で梳いて手入れをしてやるといい。伸ばしてみるか？」

「伸ばすのは面倒だ……って、それなに？」

しゃきんと奇妙な音がしたから振り返ったら、翠嵐が裁ち鋏《たばさみ》とも糸切り鋏とも言えない不思議な物を手にしていた。

「ああこれは、西洋の鋏だ。袋に入れて帯で挟んでおいたんだ。西洋ではこれで髪を切る」

ずに切った。

「刺されそうなんだけど」

「刺さないよ。ほら、大人しくして」

「あ、ああ……。お願いします」

鋏が小気味よい音を立てて、春雛の髪を切っていく。

顔を隠すようにかかっていた髪を切られるときは体に力が入ってしまったが、翠嵐は気にせず切った。

それにしても、思っていたよりたくさんの髪が切り落とされる。

視界が開けていくと、思ったよりも間近にいた翠嵐に照れた。

金色の綺麗な目は、空の満月のように輝いている。

「どうだ？　なかなか綺麗に切れただろう？」

一度も使ったことのない化粧台にかかっている布を、翠嵐がそっと剥《は》いだ。

鏡の中に。目をまん丸にした自分の姿があった。

前髪が短くなって目鼻立ちがよく分かる。耳の横の髪は少し長めだが後ろは首に少しかかるぐらいに切り揃えてある。

「さっぱりしたな」

鏡に映った翠嵐が楽しそうに笑う。

「ああ……。頭が軽くなった。ありがとう……これで風呂で髪を洗うのが楽だ」

「俺が渡した髪紐は、頭の上で結べばいい。きっと可愛い」

頭のてっぺんにぼんぼりのような髪紐を載せた自分を想像し、春雛は首を左右に振った。

髪を切ってくれたのは嬉しいが、あんな派手な髪紐は自分には似合わない。

真夕兄さんぐらい髪が長ければ……俺も貰った髪紐で結えたんだけどな……。

整えるために切られた髪は、着物や畳の上に黒い針のように落ちている。

「掃除をしたら、まずは酒だ。それから食事。お前、離れの風呂を知らないだろう？　遊君が客と入る風呂があるんだ。一緒に入ろう」

翠嵐がそう言う横で、春雛は着物に付いた髪を乱暴に払った。

「気の利いた遊君なら懐紙に一房入れて『私のお守りだと思って』って言いながら渡してくるんだけど」

「あんたが落としたい相手は目の前にいるんだけど？　切った髪と俺のどっちがいいんだよ」

「お前に決まってる」

間髪を容れずに言い返す翠嵐に、「よし」と頷く。

そして酒と食事の用意をするために、厨房へ続く絡繰りの鈴紐を引っ張った。

三ヶ月に一度、新月の遊君が気もそぞろになって薬種問屋の使いを待つ。

薬種問屋の使いが、新月が患う「熱砂」を抑える「熱砂丸」という丸薬《がんやく》を持って来てくれるのだ。

この薬は「熱砂」が始まる月初めから一ヶ月間飲み続けることによって、病を抑える効果を持つ。

「甘くて旨いのに、熱砂の病に効くのが最高なんだよな」

真夕は、自分の分の薬袋を受け取って懐にしまい込んだ。

「なくすなよ？　そいつをなくしたら大変なことになるからな」

使用人頭が、受け取り台帳を片手に持って新月たちに言い聞かせる。

「あれだね真夕。薬が甘く感じるのは新月だけなんだね。一度舐めさせてもらったけど、苦くて飲めたもんじゃなかった」

半月の雪里は自分の童子の薬を受け取りながら、苦みを思い出して顔をしかめる。

「初めて知ったよ。雪里さんは物好きだね」

呆れる真夕に、雪里が「そうだね」と笑った。

「よし。なくしたら大変だから、ちゃんとしまっておこう」

春雛も薬の袋を受け取って、着物の袷に押し込む。

翠嵐に髪を切ってもらったら、みなに「今の方がいいよ」「さっぱりしたね」「似合っている」と褒められた。

枡元屋の主夫妻や、昔からの馴染み客など生前の母を知る者たちは「よく似てる」と感動ついでに昔話に花を咲かせた。

髪がすっきりして表情がよく分かるようになると、使用人たちも「その方がいいよ」と誉めてくれた。

最初は短くなった髪が恥ずかしかったが、次の日には髪を切ってよかったと思えた。これも、翠嵐のお陰だ。

彼とはもう四日も会っていないが、きっと仕事が忙しいのだろう。知らない者が多いが、彼は領主の後継で、遊ぶよりも後継としての仕事が重要なのだ。

「やだわ。一人前の遊君だと思ってる人がいる」

連れだって薬を貰いに来た新月の遊君たちが、春雛を見てわざとらしい呆れ顔をしてみせた。中には「もう翠様は来てくれないんじゃない？」と笑う遊君もいる。

いつもの軽口なので春雛は「またか」と無視した。

すると遊君の一人が「無視するなんてずいぶん偉そうね」と突っかかってきた。

しかし真夕が「囀るのは馴染みさんの前だけにしておきな」と口を挟んだので黙り込む。今度は他の遊君たちが「真夕兄さんが贔屓するから！」「ずるい！」と駄々をこねて騒ぎだしたので、使用人頭が「さっさとこっちに来なさい」と大声を上げる羽目になった。

「申し訳ない。俺が人気者すぎて」

舌を出す真夕に、春雛は「大丈夫。薬を取られたわけじゃないし」と笑いかけた。

「そうね。薬は隠しておいた方がいい。でも……何かあってもあんたには翠様がいるから大丈夫だね」

雪里は言うが、春雛は「あの人は客で、俺の大事な人じゃない」と言い返した。

「そうは言うけどねえ……その髪留めは翠様から貰った髪紐から作ったもんだろう？」

「ああ。もし今夜来るなら見せてやろうと思ってるんだけど、少し恥ずかしい」

貰った髪紐の中で一番地味な青いものを店に商《あきな》いに来る小間物屋《こまもの》に任せたら、数日後には小さな髪留めになって戻って来た。

紫陽花《あじさい》を模した髪留めは繊細《せんさい》な造りで素晴らしかった。それを見た他の遊君たちが「私にも！」と声を上げて頼んでいた。

「真夕なんてもっと派手なのにねえ。あんたと来たら、小さな髪留め一つで恥ずかしいって」

するとと真夕が「こちとら年季が違いますんで」と話に割り込んできた。

「あらあら。ところで春雛、お医者様が言ってたこと、ちゃんと翠様に伝えるんだよ？」

雪里は笑顔で真夕を無視して春雛に言い聞かせた。

春雛は十二のときから熱砂丸を飲んでいて、一度も熱砂を患ったことがない。

だが、枡元屋を訪れて遊君の体調を見てくれる医師に言わせると、翠嵐に初夜を捧げたあとでは体の調子も変わっていくのだという。

「今まで通りちゃんと薬を飲んでいれば大丈夫だ」

すると真夕が「そう言ってると、大変なことになるんだからな」としかめっ面をした。

「……………一応、翠様には伝えます。もしものときは責任を取れって」

途端に真夕と雪里が目を見開いた。

「お前って子は、色気も素っ気もない……………っ！」

「がさつすぎる……っ。ちゃんと素直に可愛く言って」

二人に盛大なため息をつかれて、春雛は「他に言いようがないから」と拗ねた。

宵《よい》の鐘が鳴り響き、遊郭の軒下《のきした》に大提灯が灯《とも》される。

新月の遊君は配給された丸薬を飲んでから店に出た。

もちろん春雛も熱砂丸を水で飲む。

いつもなら飲んでしばらくはふわふわとした気分になるが、今夜はそれもなくて気持ちがずいぶんスッキリしている。

翠嵐から贈られた着物を着て、綺麗な首紐で首を飾り、適当に髪を梳いて小さな髪留めをつけると身支度が終わった。

もし今夜も来なければ、「いっぱしの遊君」らしく、それらしい気持ちを綴《つづ》った恋文でも送ろうかと思っていたが杞憂《きゆう》に終わったようだ。

迷いのない足音が廊下に響き、後ろの方から童子の「翠様、待って！」という声が追いかけてくる。

耳を澄ますまでもない、堂々とした足音に、春雛は思わず笑ってしまった。

「来てやったぞ」と障子を開けて笑顔を見せる翠嵐のその後ろで、酒と肴を載せた膳を持った童子が焦っていた。

「店の決まりは守れよ。障子を開けるのは客じゃない」

「俺は暢気《のんき》なしきたりは嫌いなんだ。……ふむ、今夜の春雛はこの前よりも可愛らしいな」

髪留めに気づいたのかただの甘言《かんげん》か、翠嵐は目を細めて笑う。

「着物の色が違うくらいだ。以前貰った反物を仕立ててもらった。ありがとう。できれば、四日ほど前に言いたかったが」

「俺に会えなくて寂しかったか。いいぞその調子だ。俺を思う気持ちで胸をいっぱいにしろ」

「別に、仕事で忙しいんだろうと思っていたし。そもそも翠嵐は、ここで遊んでいていい人間じゃない」

「お前の嫌みが可愛すぎて、俺の耳がどうにかなってしまいそうだよ。……それにしても朝焼け色がよく似合う。だがお前を可愛らしくしているのはそれだけじゃない。俺の贈った髪紐を髪留めにしたのか………とても可愛い」

　翠嵐は春雛の前に乱暴に胡座を掻くと、右手の指先でそっと髪留めに触れた。

「こうして工夫して身につけてくれる遊君がいるとは思わなかった、嬉しいな」

「これなら今の髪型でもどうにか似合うんじゃないかと……これでも思案した」

「その思案した物を俺に見せたくて、こうしてつけてくれているのだろう?」

「それが礼儀だ」

「形《なり》は可愛らしいのに、口に可愛げがない」

　それでも翠嵐はとても嬉しそうだ。

　童子が気を利かせて、何も言わずに座敷を出て行った。

「勢いで賭けをしてしまったが、別にしなくてもよかったかな。春雛はどんどん可愛くなっていく」

「俺の勝ちでさっさと終わらせてもいいんだぞ？　そうすりゃあんたは、俺を専属にするための余分な金を払わなくて済む」

「俺の贈った着物を着て、そういうことを言わないでほしいな。勝負はまだ終わっていないが、もうみんな忘れているかもね。そもそも賭けにするほど公《おおやけ》な話じゃないんだ。俺と春雛のとても個人的な話だから、みな忘れてくれたら幸いだ」

言い返されて「ぐぐ」と喉が鳴った。

遊郭街では「昨日のことは十日も昔」と言う。

「どちらが落ちるか賭けをするぞ」と騒いだのは三週間も前のことで、今では何事もなかったように枡元屋は翠嵐を迎えて春雛の座敷に通している。

「確かに個人的なことだけど……、でも賭けを俺だけがしっかり覚えているなんて悔しい。あ、あんたのことばかりを考えて過ごしているわけじゃないのに……っ」

春雛は顔を赤くして、両手の拳を振り回した。

「拗ねるな拗ねるな。可愛さが零れ落ちてしまう」

「そんなの零れないっ」

真顔で怒ったのが気に入らなかったのか、翠嵐が「……春雛」といきなり低く囁いた。

「な、なんだ……？」

「何かあったのか？　今夜のお前はいつもより香りが濃い」

「いや別に…………あー…………もしかして……」

春雛は後ずさりをしながら翠嵐から離れていく。

「どうした。なんで離れる？」

「いや、俺、今日……熱砂丸を飲んだんだ。新月はみんな、熱砂が近づくと飲むだろう？　あんたは満月だからそれくらい知ってるよな？」

「知っているが、その薬とお前の香りに関係があるのか？」

「うぐ……っ」

言わなければならないことだが、自分の口から言うのは負けた気分になる。

「察しろよ……っ！」

「いやいや、本当に分からない。熱砂でないなら香ることはないだろう？　あの匂いは満月の理性を綺麗さっぱり溶かしてしまうからな……」

真顔で首を傾げられては、春雛が言って聞かせるしかない。

馬鹿だ、この満月。顔がよくて育ちがいいだけの馬鹿だ。

心の中で翠嵐に悪態をつきつつ、春雛は口を開いた。

「医者が！」

「うん」

「俺はあんたに初夜を渡したから、今までとは違うだろうって！」

「ふむ。それで？」

「俺、その……初夜を渡したあと初めて熱砂丸を飲んだから……体調が変わるかもしれないって言われた……。だから、あんたが感じる匂いも……いつもの俺と違うんだ」

「なるほど……。俺は新月から初夜を渡されたことがないから、今まで知らなかった」

「だからって俺に最後まで言わせるなよ！　…………へ？　初夜を渡されたこと、ないの？」

自分の発した声に驚いた。

目の前の美しい満月に初夜を渡したのが自分だけだと知って、春雛は歓喜と困惑が絡み合ってどうにかなってしまいそうだ。

「初めてだ。初めての相手が……俺の蜜月で本当によかった……」

翠嵐がゆっくりと目を閉じて深呼吸をし、息を吐き出しながら目を開ける。

「いい香りだ。信じられないほどいい香りだ。俺の脳髄《のうずい》までも官能で蕩けさせる、唯一無二の香り……」

「俺には、自分の香りなんて何も分からない……から、そんな風に言うな」

「本当に？　俺の香りもいつもと違って特別な匂いがしないか？　ほら逃げないで、嗅いでごらん」

後ずさったが、そこはもう窓際。

春雛は翠嵐に腕を掴まれて彼の胸に収まった。

いつもと同じいい香りがする。

この胸で眠りに落ちれば、きっといい夢が見られるだろう。甘いのに初夏の風のように爽やかな香り。

「俺の蜜月はなんていい香りがするんだ。他の満月に春雛の匂いを嗅がれたくないな。一瞬でも嗅がせたくない。ああもう、さっさと俺のものになると誓ってくれ。そうしたら俺は、堂々とお前の首を噛んで番にできるのに」

「熱砂の薬はちゃんと飲んでいるから、あんたに迷惑はかけない。そもそも俺の匂いが気になるのはあんただけだから、他の満月なんてどうでもいい」

「だったら嬉しいなあ。俺にしか分からない香りだから、俺たちは永遠の蜜月なんだよ、春雛。物覚えの悪い子供に言い聞かせるように言うけど、俺たちの運命を忘れていやしないか？」

一言余計だと思う。

春雛はむっと眉間に皺を寄せて「それはあんたの幻想だ」と言い返す。

運命の番なんて存在しない。

あるのは、満月と新月のただの番だけだ。

「必死に悪あがきをする様は可愛いけど、強情すぎると泣くはめになるぞ？　春雛」

「ここは俺の座敷だ。あんたは俺の客だから、好きに遊んでいけばいい」

春雛は顔を上げて「布団を敷くか？」と真剣な顔で訊ねる。

「いや、いやいや。そこはもう少し怯えた表情を見せてくれ」

「俺は真面目に仕事をしたいだけだ。……それとも、酒を飲むか？　だが少しだけだぞ？　飲みすぎると一物は役立たずになるから気をつけろって真夕兄さんに言われた。……本当か？」

「さあ、俺は幸いにも体験したことがない」

「それはよかった！　よし、どっちにする？」

「こっち」

着物の上から尻を撫でられた。

まるで遊君をからかう年配の客だ。

「……おっさん臭いからやめろ」

「春雛の尻が可愛いのが悪い。そして俺はおっさんではない」

「だったらもっと若々しく誘え」

「なんだそれは」

翠嵐が笑いながら春雛を畳の上に転がした。

綺麗に畳んだままの布団を横目に、帯を解かれる。もともと着物の下には襦袢《じゅばん》と下穿きしか身につけていないので、すぐ裸に剥《む》かれてしまった。

「甘い香りがますます強くなった。……ちゃんと薬は効いているのか？　春雛」

「……効いてる」

「なんていい香りなんだ。さすがは俺の番だ。一物に響く。この匂いがある限り、俺は際限《さいげん》なくお前に精を降り注げる」

右手を掴まれて、強引に翠嵐の股間に押しつけられる。「分かったから」と言っても掴んだ手を緩めてくれない。

手の中に感じる翠嵐の熱が、じわじわと春雛の体に移動した。

「は……っ、なんだよ……くっそ……、俺の体……なんか変だ……」

ちゃんと熱砂丸は飲んでいるのに、体は今にも達しそうなほど興奮している。

こんなことは今までなかった。

「春雛……」

耳元に吐息がかかる。それだけで勝手に腰が浮いた。

すでに勃起していた陰茎から先走りがとぷりと溢れて春雛の股間を濡らしていく。

「可愛いよ春雛」

愛撫らしい愛撫はない。

翠嵐の指が、そっと肌に触れていくだけだ。

首から肩、ゆっくりと胸に移動して乳輪をなぞってから脇腹へと移動する。脇腹ばかり何度も撫でられると、足が勝手にぴんと伸びてひくひくと震えた。

「う、は……、ん、ん……っ」

　自分でも後孔が濡れているのが分かった。

　早く中に入れればいいのに、翠嵐はそれをせずに春雛が乱れていく様を見下ろしている。

「春雛が濡れれば濡れるほど、匂いが濃くなる。熱砂に陥っていないのは分かるが、こんなに凄いとはな……。お前より先に達してしまいそうだ」

「だめだ、こんなのおかしい。熱砂を患ってないのに……胸が苦しい……っ」

　喉が詰まって息ができない。

　指先に血が通わなくなったようで感覚までなくした。

「春雛」

「翠嵐……苦しい。なんで……？」

「大丈夫だ。俺に任せておけ」

　震える唇に、翠嵐の唇が押しつけられた。

　今、春雛が感じるのは翠嵐の唇と舌の温かさだけで、それに縋《すが》るように自分も舌を絡ませる。

　口腔《こうこう》で混ざり合った唾液を飲み下すと、さっきより呼吸が楽になった。

　それでもまだ足りなくて、春雛は自分から翠嵐の唇を求める。

「唇を合わせているときは、ほら、ちゃんと鼻で息をして。焦らなくていいから」

「だめ、俺、胸が苦しくて……目が回る。翠嵐、苦しい……っ……香りが苦しい……っ」

闇雲に手足を動かして翠嵐にしがみつき、「苦しい」と言いながら唇を合わせる。苦しいはずなのに、唇を合わせるたびに体が震えて射精した。

「お前が『永遠の蜜月』を拒むから」

「違う。翠嵐、早く、苦しいから、早く、俺の中……」

「お前が俺を拒むから……新月の本能がきっとお前を罰しているんだ。素直になって、身も心も俺のものになればこんなに苦しむことなんてないのに、お前は馬鹿だね」

綴る言葉はきついのに、囁く声はとても優しくて心配してくれているのが分かった。

ああそうだとも、と、春雛は分かっている。

自分はどうしようもない意地を張っているのだと分かっている。だがここで翠嵐の手を取ったら、好き合っているから番になるのではなくなってしまう。

自分の心とは全く違うところで否応なく結びつけられるのが、とても嫌だ。

「新月と満月だから番になる」のは、遊郭の遊君にとってはとてつもない幸運だと頭では理解していても、自分の心が、自分の気持ちが……これっぽっちも理解できない。

だからこうして意地を張る。

「馬鹿だよ。俺は……どうしようもない馬鹿だ……」

今も翠嵐と一つになりたくて体が疼いてたまらないし、下腹の奥が切なくて勝手に涙が零れていく。

「そうだな。でも今はよすぎて苦しいだろう？　俺が助けてやる」

「ごめん……ごめんなさい……迷惑をかける……」

「お前は俺の大事な番だから、何を言っても許してやるよ」

だから、俺にくれるのはその言葉じゃなくて……。

春雛は頭の中で「番じゃなくて」と繰り返しながら、翠嵐に体を明け渡した。

「俯せになって、そう、腰だけを持ち上げて……もうとろとろだな、春雛」

言われるままの恰好をしたら、優しく陰茎を撫でられる。

「うっ、は、ぁ……っ、あ」

後孔から愛液が溢れて内股を伝って畳に零れ落ちていくのが分かった。

「まるで土砂降りにあったようにぐっしょりと濡れているな。敏感なのは嬉しいよ」

なんでそんな恥ずかしいことをわざわざ言うんだろう。

春雛は顔を真っ赤にして、荒い息を吐く。

早く触って気持ちよくしてほしい。前戯《ぜんぎ》なんていらないから、乱暴に貫いて翠嵐の陰茎で泣くまでいじめてほしいと、春雛はゆるゆると腰を揺らす。

「はしたないのに……っ、俺、早く……してほしくて……」

「可愛いおねだりだ」

後孔に熱くて硬いものがぴたりと押しつけられたと思ったら、間を置かずに一気に奥まで、勢いよく貫かれた。

「…………っ！」

衝撃に声が出せず、口を開けただけだ。

「狭くて、熱くて……俺を締め付ける。たまらない」

翠嵐の上ずった声が聞こえる。

春雛もどうにか呼吸が整い始めた。このまま、背後から突き上げられるのだろうかと思ったら、翠嵐が腰ではなく春雛の両手を掴んで引っ張った。

「は、あっ、あ、あ……っ！」

少しの隙間もなく、翠嵐の陰茎が春雛の中に収まる。

「動くよ？」

「え？　この恰好で？　あっ、あああぁっ！　奥、当たるから！　当たる……っ！」

ぐいと両腕を後ろに引っ張られると上体が反って膝立ちで立っているような体勢になる。すると角度が変わり、翠嵐の陰茎がどこにあるのかよく分かった。

「奥が好きだろう？　春雛。ほら、もっといっぱい突いてやるよ」

自由にならない体のままで背後から激しく突き上げられる。

体が本能で逃げようとするたびに腕を引っ張られて引き戻された。

翠嵐の陰茎が、春雛の腹の中のいい場所を何度も強く突き上げる。我慢なんてできない。

「だめだ、だめ……、声が……大きな声が出る……っ」

ここは遊郭で、最終的にすることは一つしかない。

今も翠嵐の相手以外は下働きをしている春雛は、自分の感じている声を他の遊君に聞かれるのが恥ずかしかった。

障子の向こうには、今も使用人たちが酒や肴の膳を持って歩き回っているのだ。

「恥ずかしい、翠嵐……俺、恥ずかしくて……だめ……っ」

だめなはずなのに、翠嵐に突かれて「嫌だ、いやだ」と言いながら射精してしまう。

「まだほんの一度目だ。いくらでも達してくれ」

「だめ、も、達したばかりだから！　達したのに！　動かないでくれ！　だめ。だめだ、俺、また……っ」

泣きながら背を仰け反らせて、腹の中を突かれる刺激で達した。

「ふは……っ、締め付けが、凄い。搾《しぼ》り取られそうだ」

翠嵐が嬉しそうに笑う。

彼の手が首紐にかかったので、春雛は「それはだめだ」と頭を左右に振るが、「噛まないから大丈夫」と言われて、仕方なく抵抗をやめた。

首紐を解かれた首を晒すのは、裸になるより無防備で恥ずかしい。

「綺麗な項だ。いつかここに俺の歯形をつけてやるからな」

指先で何度も撫でられて浅ましくも勃起してしまう。精液を滴らせたまま萎《な》えていたのに、徐々に硬さを増す姿を背中越しに見つめられると、泣きそうなほど恥ずかしくて、信じられないほど興奮した。

「み、見ないで、くれ……」

「見てほしいくせに。お前の桃色の一物がひくひくと揺れながら大きくなるところは、本当に可愛い。早く俺の蜜月だと理解してくれ」

「いやだ。あ、あ……っ、そんなっ、そこ、だめ……っ」

背後から回された両手で胸を愛撫される。優しく揉みながら乳頭を手のひらで転がされ、「あ」と妙に高い変な声が出た。

それに気をよくした翠嵐が、春雛の首に唇を押しつける。

「ひっ、ぁあっ、噛むな……っ」

じゅっと強く吸われて痛みが走るが、同時に胸を強く揉まれて感じた。

痛いのに気持ちがよくて、泣いているのか喘《あえ》いでいるのかもう分からない。今は翠嵐の愛撫に体を支配されている。

体に相性というものがあるなら、きっと相性はいいのだろう。触れただけで感じてしまうのに、相性が悪いはずがない。

「胸、やだ、翠嵐は意地が悪い……っ、んんっ、もうやだ……っ」

「春雛が好きだから意地悪したくなるんだよ。可愛い」

「ひゃ、あ、あ……っ、また出る、達するから……っ、離して、離してくれ……っ」

胸を嬲《なぶ》られて達するなんて信じられない。

春雛は何度も「離してくれ」と言ったのに、翠嵐は決して胸への愛撫をやめようとせず、ついに春雛は胸への愛撫で達してしまった。

「今度は揉むんじゃなくて、乳首の愛撫だけで絶頂できるようにしような。俺も、そろそろお前の中に精を注ぎたい」

こっちは先に何度も絶頂させられて苦しいのに、翠嵐にしっかりと腰を掴まれた。

「達したばかりはやめてくれよ……っ！　やだ、いやだって、そんなっ、そんな強くされたら俺……っ！」

痣《あざ》がつきそうなほど強く腰を掴まれて、力任せに突き上げられる。

俯せのままかと思ったら、いきなりひっくり返されて、膝の上に乗せられた。

「あ、あ……っ、奥……っ、深い、深い……っ」

翠嵐にしがみついたまま下から突き上げられ、たっぷりと精を注がれる。

射精の際の翠嵐の低い喘ぎ声に興奮して、春雛もまた達した。

「まだだよ。春雛……」

満月は、誰もがこんなにも執拗なのか。それに応えて何度も達してしまう自分も大概だ。

「休みたい、翠嵐、少し……休ませて……」

「だめ」

翠嵐の笑顔に、春雛が「よすぎて俺が死ぬ」と言い返す。

「そんなことを言われたら、逆にもう離せない」

春雛は必死に「だめ」と抵抗するが、それは翠嵐を煽《あお》るだけだった。


調子のいい体だと思う。

翠嵐の精を受け止めた途端に体の疼きがなくなった。

「……熱砂とも違うな、その症状は。もし本当に熱砂を患ったら、俺はこんな風にのんびり煙草を飲むことはできない」

着物を肩からだらしなく羽織り、肘掛けにもたれて煙管《キセル》を銜える翠嵐はとても絵になる。

後れ毛に気怠《けだる》い表情は、春雛など足下にも及ばないほど艶やかだ。

「翠嵐は……熱砂を患った新月を相手にしたことがある？」

「俺はないが、目《ま》の当たりにしたことはある。ああなっては新月も満月もない。ただの二匹の獣《けもの》だ。一週間は繋がったままで、飲み食いも必要最低限になる。とにかく、新月が孕むまで終わらない」

　熱砂を患った新月が満月と交合すると必ず孕む。

　相手が半月の場合は、病は治まっても子供ができることはない。だからこそ、孕みたくない新月が熱砂を患ったときに大枚をはたいて半月の男を買う話がある。

「そうか。俺は熱砂じゃないのか。…………よかった」

「よくない。熱砂じゃないというだけだ。熱砂ならば俺が喜んで相手をすると言うのに。なかなか骨の折れる相手だ。……だが、それもまた可愛いと思う」

　にやりと笑われて、思わず視線を逸らした。

「どうした？　照れたか？　俺を意識している証拠だ。少しは俺に気持ちが動いたんじゃないか？」

「違う。翠嵐は……俺の知らないいろんな話を知っているから、感心しただけだ」

「そうか。もっと聞かせてやるぞ」

「聞きたい！　でもその前に……腹減った……っ」

「もう冷めているから、新しいものを作ってもらおう」

「大丈夫！　十分食べられる！　……あ、翠嵐の分を頼まないと……」

「俺の分こそいらない。酒があればいい」

　そう言われて、春雛は小さく頷いて冷めた膳に手を伸ばす。

酒の肴にもなるよう濃い味付けなので冷めても旨い。春雛は冷たい握り飯が好きなので、茶碗の冷めた飯も問題なかった。

食べている様を翠嵐にじっと見つめられても気にせずに、すべての皿を綺麗にする。

「はー……腹が落ち着いた……」

やることをやって腹を満たすと眠くなる。春雛は、汚れた敷布を引っ張ってまとめ、布団の上に寝転がった。

「翠嵐も夜明けまで寝よう？」

「お前なあ」

翠嵐が「素直になるところを間違えてるぞ」と呆れ顔を見せたが、それでも春雛の隣に寝転んだ。

「まあ、いい機会だから『永遠の蜜月』について教授してやろう」

「それより、王都の話を聞きたい。王都の満月も、翠嵐みたいな鮮やかな目の色なのか？」

「そうだよ。でも俺の瞳は、満月の中でも少し珍しい色らしい」

「翠嵐の目の色は……月の色だ。凄く綺麗だから……珍しいぐらいが丁度いいよ」

初めて出会ったときのことを思い出す。

美しい満月に相応《ふさわ》しい金色の目。

「月に見つめられてるような気になる。何でだろうなあ」

ずっと見ていたかったが眠気が勝《まさ》った。

春雛はゆっくりと目を閉じる。「俺は寝てない」と言いながら気がついたら眠っていた。

だから、翠嵐が「何が恋なのかを分からせるのは難しいもんだ」と独りごちたのに気づけなかった。

翠嵐と春雛の賭けはまだ続いているが、通りすがりの客が「そろそろかい？」と茶化してくる程度で、みな興味は別に移っていた。

遊郭街の流行り廃《すた》りはめまぐるしい。

あれだけ咲き誇っていた桜もすっかり若葉で覆われてすがすがしい風に吹かれている。

「街では水遊びが流行ってるんですって！」

「船に乗り込んでお座敷遊びですって！　おとうさん、あたしたちも大勢で押しかけましょう？　『枡元屋』の旗を作って持っていけば店の宣伝にもなるよ？」

「そうそう、器量よしの遊君が揃ってるって宣伝したい！」

客が持っていた宣伝ちらしを手にした遊君たちが、遊びをねだっている声が聞こえてきた。

遊君は、そうそう大門の向こうへ行けない。

だからこそ「店の宣伝」を盾にして主にねだった。

春雛が知っている水遊びといったら竹で作った水鉄砲で互いに掛け合うぐらいだ。船なんて本でしか見たことがない。

「……きっと楽しいだろうな」

広い水の上に船を浮かべて、飲んだり歌ったりするんだろう。

水は川なのか海なのか。小川なら遊郭街にも流れているが、あれは大通りの桜と同じで街の見栄えをよくするためのものだ。

海は世界の至る所にあって、船を使えば遠くの国へも行けるんだと、行商人から聞いたことがある。それだけ離れている国だと言葉が違うから、それを覚えるのも仕事の一つだと言っていた。

春雛は「面倒くさい」と思ったが、きっと翠嵐なら当たり前のように異国の言葉を話すだろう。そんな気がした。

店の前の水まきを終えたところで、向こうから一人の男が歩いて来るのが見える。

長めの髪を緩く結っているが、姿勢がいいのでだらしなくない。

なんて美しい男なのだ。日光の下でも存在が光り輝いている。

「春雛。お前はまだ下働きをしているのか？　お前の仕事は俺の相手のはずだが？」

「逆を言えば、俺の客はあんただけだから、余った時間に働いてんだよ。俺は働き者だから」

腰に両手を当てて威張って見せたら、「はは」と笑われて頭を撫でられた。

「今度は赤い髪留めか。俺が贈った髪紐で自分を着飾ってくれるのは嬉しい」

「……別に。あんな綺麗な髪紐をしまっておく方が勿体ないって思っただけだ」

「可愛くないところがとても可愛いよ、春雛。俺のために座敷を用意してくれないか？」

「まだ日は高いけど？　もう座敷？」

殆どの客は「宵の鐘」が鳴ってからやってくる。

昼間のうちから遊郭街に来るのは大半が業者か、新しい遊君を連れてやってくる仲介人《ちゅうかいにん》だ。色々
春雛の客は翠嵐だけだから、いつ来ても構わないが、まだ頼まれた仕事が残っていた。色々
あっても一応は「馴染み客」なので、むげにすることはできない。

「その、俺はすぐに座敷には上がれなくて……」

「主に話があるんだ」

自分でも顔が赤くなったのが分かった。

てっきり翠嵐は自分に会いたくて来たのだと思ったのに。

「あー………、そ、そうか！　分かった！」

「違う。分かってない。早とちりをするな」

「俺に会いに来たんじゃないんだろ？　間違ってない。……おとうさん！　翠様が話があるって！　座敷を用意しておくから！」

春雛の大声に、主が慌てて店の外に出てきた。

「使いをくだされればこちらから出向きましたものを」

「春雛の顔が見たくて来たんだが、嫌われてしまった」

翠嵐は、嫌われたなんて微塵《みじん》も思っていない笑顔を見せる。

「まったくこの子は。春雛、早く翠様用に座敷の支度をしなさい」

「はい」

翠嵐の視線を感じつつも、春雛はわざと無視して店に入った。


翠嵐は自分の客だからと、厨房からお茶と茶菓子の載った盆を持たされて、遊郭三階の座敷まで駆け上がった。

遊君の着物に着替える時間があったら、さっさとお茶の用意をした方がいいだろうと、春雛は下働きの着物のまま足さばきも軽く駆けた。途中で使用人たちに「行儀が悪い」と叱られたが、あまり気にしなかった。

……が。

座敷の前の廊下に何人もの遊君が重なるようにして聞き耳を立てている姿を見て、眉間に皺を寄せる。

その中に真夕の姿を見つけて声を掛けようとしたら、真夕に右手の人差し指で「静かに」と身ぶりで示された。

何があっても盗み聞きはよくないだろうと、思った次の瞬間、中から主の「なんとまあ、豪勢な！」というはしゃいだ声が聞こえた。

何やら楽しそうな話をしているようだと、遊君たちは顔を見合わせて小さく頷く。

すると突然障子が開いて翠嵐が姿を見せた。

「綺麗な蝶《ちょう》の影絵だと思っていたら遊君たちか。内緒話を盗み聞きするのはよくないぞ。でもまあ、楽しみにはしておきなさい」

はしゃいでいた遊君たちは、翠嵐に頭を下げ「こちらこそ不調法をいたしました」と言って、すごすごと去って行く。

「翠様が昼間っからおとうさんとこそこそ話をするから、気になって仕方なかったんだ。不調法したのは俺だ、申し訳ない」

真夕はそう言って「あの子たちを叱らないでおくれ」と付け足した。

「真夕に言われるまでもなく、俺は誰も叱りはしないよ。こっちにおいで。春雛も。」

春雛は自分の仕事を思い出し、座敷に入って翠嵐と主にお茶を勧めた。

障子を閉めてそこに正座をしたら、翠嵐に「こっちだろ？」と手招きされる。渋々座る場所を移動したら、「お食べ」と茶菓子を勧められた。

扱いがまるで小さな子供だ。ぐぬぬ……と悔し紛れに唇を噛んで、茶菓子には罪がないからとありがたくいただく。

「翠様がうちを一番贔屓にしてくれているのはみんな知っていますから、まあ問題はないでしょうが……人選に悩みますな」

「好きなだけ。枡元屋の美形の遊君が船遊びをすると分かれば、川沿いの旅館や店にも『一目見ようと』人が集まるだろう？」

笑顔で頷く翠嵐に、春雛は「船遊びか！　……いや、その、お代は大丈夫なのか？」と真顔で聞いてしまい、すぐさま「今のはなし！」と両手で口を押さえた。

翠嵐に恥を掻かせるつもりで言ったのではないが、申し訳なくて情けない。

真夕には「この馬鹿！」と怒られ、主にも「お前って子は……」とため息をつかれる。

「枡元屋の船遊びが成功したら、他の店にも声を掛ける。逆に、枡元屋の船遊びが失敗したら、何もかもおじゃんだ。船遊びをしたかった他の店の遊君に恨まれることになるから、心して楽しんでくれ」

「……心して楽しめだなんて、物騒な言い方だ。しかしまあ、俺たちの美しさに当てられて大門をくぐる客が増えればこっちも御《おん》の字だ。おとうさん、頑張ろう！」

真夕と主が手を握り合って「頑張ろう」と言っている横で、春雛は船遊びがどんなものか分からないまま胸を高鳴らせる。

「そういえば噂で聞いたんだが、そろそろ布由《ふゆ》が娶られるんだって？　いい話じゃないか主」

真夕が自分のことのように微笑む横で、春雛が目を丸くした。

布由は新月の遊君として最年長の二十八で、いずれは枡元屋で若い遊君たちの教育係をすると思っていた。

「さすがは翠様だ。その通り、布由には長い付き合いの旦那がいるんですが、その旦那が『ようやく家督《かとく》を継いだ』と十日ほど前に私に手紙をくださいましてね」

笑顔の主の言葉に続くように真夕が口を開いた。

「ご両親とそれに追随《ついずい》していた使用人たちをみな芍薬領の別荘に隠居させたって話だ。まあなんだ、せがれに口出しばかりして気を遣ってやれない親の末路さ」

「そりゃあ痛快な話だね」

芍薬領は水冠国との国境にあって、この当帰領から最も離れている。

春雛は「邪魔者を遠くに追いやったってことか？」と声を出して確認し、翠嵐に笑われた。

「そうだよ。布由は邪魔者がすっかりいなくなった豪商に嫁《とつ》ぐんだ。あそこの若旦那がそこまでやるとは思わなかった。だがいい傾向だ。この先、小間物問屋の皆本屋《みなもとや》は今まで以上に繁栄するだろうな」

店の繁栄はともかく、布由が娶られるのは素晴らしい話だ。

遊郭街の大門を笑顔で出て行く遊君はとても少ない。

中には、遊郭の後継として経営に携《たずさ》わる者や、遊郭街で居酒屋や甘味処《かんみどころ》を開いて上手くやる者もいるが少数だ。

「俺、布由姐さんはここでずっと働くのかと思ってたけど、めでたいことだな」

めでたいことなのに寂しいと思ってしまう。

長い間一緒に過ごしていたから情が移るのだ。

「他の店でも、新年早々に娶られた遊君がいただろう。今年はそういう年なのかもしれないな。でも、めでたいことが重なるのはいいと思う」

「そして店側は大変だ。新しい遊君を入れなきゃならないからね」

真夕が「今年はどの店も新人が多そうだ」と付け足した。

「みんなで布由の門出《かどで》を祝ってやらねば。そして新しい子を斡旋《あっせん》してもらわないとな。とにかくやることは山ほどある」

主はそんなことを言って立ち上がり、翠嵐に「ごゆっくりどうぞ」と頭《こうべ》を垂れて座敷を出た。


「結構さ、若い連中から嫌みを言われてたんだよね布由姐さんは。遊君は二十九歳で契約満期なのに姐さんは十三で座敷に上がって今は二十八歳。しかも同期はとっくの昔に娶られた。病で死んじまった人もいたけど、とにかくあの人はいつも一人だった。……俺は今、心の底から安心している」

主がいなくなった途端に、真夕が胡座を掻いて安堵のため息をついた。

「人のことより自分のことを心配しろよ。お前だっていつまでも若くないんだ」

「俺はちゃんと先のことを考えてるから問題ないよ。子供は二人ぐらい産む予定だ」

「ここで産む？」と翠嵐と真夕の会話に入って聞いたら、真夕に「ごめんな」と言われた。

「俺の男がな、そろそろ一緒に住んでくれってうるさくてな。番になる約束をしてるってのもあるんだが。まさか俺もこんなことになるとは思っていなかった。すべては俺の美しさの為《な》せる業《わざ》だな……っていうのは建て前で、惚れられて惚れて気がついたら離れられなくなっていた。こうなったら……最高の満月を二人産んでやるさ」

これから先の話だろうに、真夕はあっけらかんと語る。だが表情がとても優しげで、どれだけ互いに好き合っているのかが垣間見えた。

それが無性に羨ましい。

「そ、そうか。番になる約束をしてる人がいるなら、早く番になった方がいいな！　俺はずっとここにいるから、いつか兄さんに子供ができたら手紙で教えてくれ。その日を楽しみにしてる！」

真夕がいなくなったら寂しいが、いつも自分によくしてくれる彼の幸せのために顔に出さないよう堪える。

その代わり「番になるっていうのはこういうもんだろが」という視線を翠嵐に向けた。

「なにその意味深な顔は。……なんとなく分かるけどね」

「だったら黙ってろよ」

「反抗する春雛は可愛いな。ほら、ちょっとこっちに来て添い寝をしてくれ。朝が早かったから眠いんだ」

言うが早いか、翠嵐はその場に寝転んで目を閉じた。

「相変わらず自由な男だよ、翠様は」

真夕が笑いながら立ち上がり、「あとは頼んだよ」と言って座敷から出て行く。

これから先のことをもっと教えてほしかったのに、今春雛の前にいるのは、「永遠の蜜月」だという男だけだ。

「好いた相手と番になるってどんな気持ちだろう。子供まで産めるなんて……」

毎日が楽しいのか、心がときめくのか、それとも……。

春雛は翠嵐の顔を見つめながら、「恋か」と独りごちる。

「……恋は落ちるものだからな？　一瞬だ。問題なのは愛だ」

翠嵐が春雛の方を向き、左腕を枕代わりに自分の頭を支えた。

「俺は落ちてない。突き飛ばされたんだ」

「永遠の蜜月なんてそんなもんだ。俺だって、お前に会うまでは運命なんてものは夢物語だと思っていた」

お互いに「恋」という名の穴に突き落とされた姿を想像したら、笑いがこみ上げてきた。

「なんだ。あんたも被害者じゃないか。俺ばかり不幸なのかと思ってた」

「待て。待て待て。なんだその被害者や不幸というのは。俺はお前と出会えてからずっと、今日この場でも幸せなんだが？」

勢いよく起き上がって言い返す翠嵐に、春雛は「あんたのせいで頭の中が整理できないから」と答える。

「それは分かる。だから、ゆっくり行動を起こそうと思っている」

「ゆっくりじゃないだろ。いつも、その……いきなり……いろいろしようとするし！　俺は新月だから、満月に言い寄られたら抵抗できないの分かるだろ？」

「え？　それは違う。初めて会ったとき、お前は座敷の客に気持ちのいい啖呵を切っていたじゃないか」

「へ……？」

今度は春雛が狼狽《うろた》えた。

「待ってくれ。ちょっと待って。だって俺は新月で、翠嵐は満月で……ああ、そういやあのときの客も満月だった……」

春雛は両手で頭を抱えて自分の過去の所業をたぐり寄せてから「なんでだ……？」と首を傾げた。

「誰でもいいわけじゃない。春雛は俺が相手だから抵抗できない。俺たちは永遠の蜜月で、互いの発する香りは特別なものだ。春雛は俺の香りに反応して何もできなくなるんだよ。よかった。ちゃんと俺を意識してくれていたんだな」

「ち、違う……から……っ、そんなの、違う。……そうだ！　遊君たちに乱暴を働こうとする半月の客にだって、俺はもれなく乱暴だぞ！」

「それは当然だろう？」

「当然だ！　遊君が怪我をしたら大変なんだから！」

「うん、よく分かっている。……それにしても、お前は俺に突っかかってくるときは、ひときわ香りが濃くなるね。凄くいい香りで、可愛い」

翠嵐の両手にたぐり寄せられるより先に、春雛は後ずさった。

俺たちだけにしか分からない香りだったなんて。

「下働きの仕事が残ってるから……部屋に戻る……っ」

「そんな香りが濃いまま座敷を出てどうする。俺が収めてやるから、こっちにおいで」

「遊君の着物じゃないから、だめだ。翠嵐が、下働きの恰好した俺に触るなんてだめだ……」

翠様が来たから取りあえずお前が行けと言われて、三階の座敷までやってきた。

それだけだ。

違う。遊君の着物に着替える時間が惜しかったのだ。少しでも早く翠嵐がいる座敷に行きたかったのだ。きっと。

「……う、うわあ…………」

なんなんだ俺は……っ！　なんで、こんなときに、唐突に！　理解した！

顔が熱い。きっと耳まで真っ赤になっている。

春雛は出し抜けに理解してしまった。

逃げようがない事実だ。だから香りがこんなにも濃く、まとわりついてくるのか。

「なんてことだ、俺は……」

そうなると翠嵐の顔を見ているのが苦しくて切なくて、絶対に視線を合わせないようにそっぽを向く。

「どうした春雛」

「なんでもない……俺はいつもの俺だ。それに、いろいろと収まったから何もしない」

「そんなに顔を赤くしているのに？」

「いや、大丈夫。ほんとに、大丈夫……っ！」

「……好きなものは最初に食べる主義だったのに、後生大事に取っておいたらこれだ。さっさと食ってしまえばよかった。俺の心の安寧《あんねい》のためにも」

「あんたは……間違ってないと思う。だってさ……だって……っ！」

ここから先が言えない。

理由はない、ただ、なんとなく悔しくて。

頑固だと、面倒くさい性格だと言われても、言えないものは仕方ない。

「続きはないのか？」

「いやその……なんというか……」

ああ、素直になれない自分が悔しい。

何も言えずに口をパクパクと動かす春雛を見て、翠嵐がため息をつく。

「今は言えないことなのかな？　はいはい分かった。下に戻るなら残りの茶菓子を食べてから行け。気持ちが落ち着けば新月の香りも収まっていくだろう」

仕方がないなと微笑む様子に、心臓をぎゅっと掴まれた。

なんでこんなときに自覚してしまうんだろう。

今まで散々抵抗してきたのにと、感情が心の中で地団駄を踏んでいるのが分かる。

春雛は俯いたまま「いただきます」と言って、手のつけられていない茶菓子に手を伸ばす。

小豆《あずき》が入った焼き菓子は旨いはずなのに、今は何の味もしなくて砂を噛んでいるような気分になった。

絢爛《けんらん》豪華に着飾った遊君の姿がよく見えるように、船には屋根は付いているが壁がなかった。

キャアキャアと声を上げて何艘《そう》かの船に分かれた遊君たちは、自分たちが宿泊している宿の団扇《うちわ》を利き手に持って、河川敷《かせんじき》でこちらに注目している人々に手を振る。

遊郭街の華やかさを知っている男たちは、遊君の美しさが月夜の幻でないと知り、鼻の下を伸ばして手を振り返す。

川沿いの居酒屋や茶飲み処は満員御礼で、食べ物と飲み物を買って堤防で遊君たちの船遊びを見る者も多かった。

「気のせいか、いい匂いがするなあ」

「西洋の香《こう》じゃない？　ああしかし、綺麗だねえ……」

「一度ぐらいは……大門をくぐりたいなあ」

店の女房たちは複雑な表情を浮かべていたが、店に金が落ちるのを実感するにつれて笑顔になった。「こりゃ遊君様々だ」と笑う者までいた。

川沿いの街道には食べ物から辻占《つじうら》まで屋台が出ておおいに賑わっている。

真夕が奏でる弦楽器に合わせて雪里が歌いだすと、川の女神かと岸からどよめきが起きた。

他の船の遊君たちも雪里に合わせて歌いだし、遊君たちの声が歌に奥行きを与える。

日が傾くと船には枡元屋の提灯に火が灯されて、一層幻想的な光景になった。

広く緩やかな川に、遊君たちを乗せた船が何艘も佇《たたず》む。

彼女たちは酒で喉を潤しては歌を歌い、名物に舌鼓《したつづみ》を打った。

遊君の殆どが「次に遊郭を出るときは死んだときか契約が満了した日」と思っていたので、「全員招待するよ」と言った翠嵐の太っ腹さに感謝するよりも驚いた。

使用人頭も「おとうさんやおかあさんならまだしも、俺たちまで招待されるとはな」と驚きつつも雰囲気を楽しんでいる。

ただ男衆は「契約満了前に遊君に逃走されないように」「遊君が乱暴されないように」という見守りがあり、酒をたらふく飲んで船遊びを楽しむというわけにはいかないようだ。

春雛は珊瑚と同じ船に乗り込んで、他の船の様子を見ていた。

みなはしゃぎ、小さな船に乗って近づいてくる若い半月たちに声を掛けてからかっている。

「私たち、まるで蛍《ほたる》ね」

「それでもまあ、川沿いの街道に金が落ちて、俺たちは楽しめて、それでいいじゃないか」

ここいら一帯は去年の水害からなかなか復興できずにいたのだと翠嵐が言ったことで、合点《がてん》がいった。

遊君にはつかの間だが自由を、川沿いで生活している者たちには支援を。

「でもね、蛍でもいい。だって船遊びなんて二度とできない。素敵な夜だわ……！」

馴染みが店に来なくて気落ちしていた珊瑚が笑顔を見せてくれて、春雛も嬉しくなる。

「春雛が手紙を書いてくれたじゃない？　急な仕事で技冠国に行ってたんだって。手紙の返事と髪飾りが一緒に届いたの。波澄兄さんに手紙を読んでもらったの」

珊瑚が髪に挿《さ》しているのは可憐な花の彫りが入った乳白色《にゅうはくしょく》の髪飾りで、一目で高価な物だと分かる。

「遠出だったんだな。連絡がついてよかった」

「うん。今度、大事な話をするから会いに行くって。なんの話かな」

「よく分かんねえけど、いい話に決まってる」

ここのところ本当に表情が暗かったから心配したが、これならきっと大丈夫だ。

春雛は立ち上がって、船の後ろでのんびりくつろいでいる翠嵐の許《もと》へ移動する。遊君の恰好で船上を移動するのは難しい。

「船の上ってのは……歩きにくいもんだな……」

翠嵐が笑顔で右手を差し出してくれたので、遠慮なく彼の手を掴んだ。

「楽しんでいるか？　春雛」

「そりゃもう！　向こうの船に乗ってるおとうさんとおかあさんなんか、新婚みたいにはしゃいだ声を上げてたし、雪里姐さんたちも楽しそうだった。あと、さ、まだ仕事を始めたばかりの下働きの子供まで招待してくれて……本当にありがとう」

船の縁《へり》に腰掛けて、翠嵐にぺこりと頭を下げる。

「店の全員を招待すると言ったからな。それに、俺の懐もちゃんと潤うようになっているから安心してくれ」

かつての座敷での失言を笑われて、春雛は「ぐっ」と言葉に詰まる。

「それよりも……」

川風で翠嵐の髪が揺れる。どこの香を使っているのか、とてもいい香りがした。

「俺はお前自身が楽しんでいるかを、知りたいんだが」

「楽しんでるよ！　泊まりがけの遠出で、しかもこんなに綺麗な月に照らされての船遊びだ。一生の思い出になる」

「そうか」

「あとな……」

「うん？」

「俺……翠嵐のことを見直した。いや、こういう言い方でいいのかな？　凄い人だって再確認？　なんかもっとこう……いい言い回しがあると思ったんだが、出てこない。ごめん。領民のことをちゃんと考えてるあんたは立派な人だ」

「俺は金が上手く回るように考えただけだ。でも、春雛に見直してもらえるのは嬉しいな」

「素直じゃない」

「お前だっていつも素直じゃないだろ。可愛いから許してるけど」

笑いながら頭を撫でられて、顔が赤くなる。

「誰かさんと違って、俺は素直ですぅ！」

すると翠嵐は、「その誰かさんとこれから楽しいことをしようよ」と提案してくる。

「せっかく褒めてやったのに、どうしてそんなスケベなんだよ。恥ずかしい」

「好きだから恥ずかしいことをしたいんだよ。あのな春雛。永遠の蜜月っていうのは、いわば一目惚れだ。会った瞬間に恋に落ちる。自分じゃどうしようもできない。だから本能に従うんだ」

「いやまあ、分からなくもないけど……」

翠嵐にそっと右手を掴まれて、手の甲に唇を押しつけられる。

ちゅ、ちゅと何度か唇を押しつけられて、最後は刺されたような痛みを伴《ともな》った。

「いて……っ」

慌てて手を引っ込めると、右手の甲に、花びらのような赤い痣ができている。

「首を噛めない代わりだ」

「そうやって……あんたばかりがいつも俺に痕をつけていく」

一方的に何かをされるのは悔しい。

俺にもさせろ。あんたの体に痕をつけさせろ。

そう思うが早いか、春雛は翠嵐の左手を両手で掴んで噛み付いた。

「え」

翠嵐は自分に何が起きたのか分からずに目を丸くして固まる。一方春雛は「してやったり」と笑顔で彼の手を噛み続けた。

散々噛んでから手を離し、翠嵐の左手に自分の歯形がしっかりと付いているのを確認して、満足げに頷いた。

「歯形が……」

「ふふん。どうだ！　参ったか！　俺だってあんたの体に痕ぐらい簡単につけられるんだ。それを忘れるな…………よ……じゃねえ……っ！　何やってんだ俺！　ああああっ！」

話している途中から翠嵐がどんどん笑顔になるのでおかしいと思った。

そうだとも、最悪だ。俺は一体何をやっているんだ！

春雛は「恋の穴の中じゃない！」と大声を出し、両手で顔を覆った。どうにもこうにも、ここから逃げ出すには川に飛び込むほかなかった。

よっぱらいの遊君たちに「春雛うるさい！」と怒鳴られるのも辛い。

「ありがとう。お前のつけた歯形は大事にするよ」

「大事にしないでくれ。冷やせばすぐに消えてなくなるから！　俺のつけた印なんて、あんた

には迷惑なだけなんだから……っ！」

「どうして？　俺の新月が、満月の俺に噛み痕を残すなんて……これ以上の求愛行動があるだろうか？　いやない。存在しない。もっと噛んでいいよ。そもそも、新月が満月の首を噛んじゃだめだなんて規則はない」

「無理。だめだ。絶対にだめ。できない。満月を噛むなんて……無理だから……っ」

「じゃあどうして噛んだの？　もしかして噛まれるほど嫌われてるのか？　俺は」

翠嵐が動揺を隠さず「だったら溺《おぼ》れ死ぬ」と言ったので、春雛は慌てて彼の着物を掴んだ。

「あんたの動揺は、俺にも移るからやめてくれ。…………噛んだのは嫌いだからじゃなく、むしろ逆というか……その、つまりは一方的に印をつけられるのが嫌だったからだ。だから、俺もあんたに印をつけられるんだぞって……教えたかった」

ありのままを伝えた。頭が混乱していてそうするしかなかった。

途端に、翠嵐の金色の目が輝いた。

瞬きをするたびに星屑《ほしくず》が零れていくような感覚に陥る。この満月は、なんて綺麗なんだろう。

満月たちの体はきっと宝石でできているのだ。

そうでなければ、こんなに美しいはずがない。

「春雛」

低く優しい声が鼓膜《こまく》を揺らして体の中に入ってくる。それが体の奥に広がって染みていくと、息をするだけで下腹が疼いた。

「ただ見てるだけなのに。ただ声を聞いただけなのに」

翠嵐に体を侵食されていく。

「だから、それが『永遠の蜜月』というものだ。強烈な一目惚れだから、恋愛感情は後からついてくる。お前にだって分かるだろう？」

自分の気持ちが、と囁かれる。

ああくそ。このまま川に飛び込んで溺れてしまいたい。自分の気持ちと向き合いたくない。

翠嵐の手のひらの上で転がされているようで悔しいし、笑顔で素直になれるとも思えなかった。分かっている。自分の性格は面倒くさい。

「あんたは意地悪だ」

「それは……まあ、認める」

「でも、くそ……っ、俺は今、翠嵐と、あんたと……同衾《どうきん》したくてたまらない……っ」

俺は遊君だから、自分からしたいと言ってもいいんだ。

自分の心の中にようやく落としどころを見つけて、春雛は「宿に戻ったら、やる」と言って、翠嵐に「色気がない」と呆れられた。

宿屋は枡元屋一行で貸し切りとなり、みな初めての川床《かわどこ》に「気持ちのいい風」とはしゃぎ、湯上がりの浴衣姿で月夜を見上げる。河川敷から「今度遊びに行くね！」「名前教えて！」と声がかかるが、「店に来たら教えてあげる」と言いながら小鳥が囀るように笑った。

使用人頭の波澄が、雪里と何やら小声で話をしていたが、おそらく「誰も逃げ出していない」ということだろう。

雪里は店一番の売れっ子なだけでなく、童子たちの教育も上手い。彼ら彼女らの相談事もよく聞いているのだ。

そんな中、春雛は下働きの着物に着替えて宿を出た。

右手に酒瓶の入った鞄《かばん》、左手には肴の入った重箱を持っている。

提灯のいらない輝く月明かりに照らされて、翠嵐の待つ船宿に向かう。

船宿がどんなものかは知らないが、船の名が付くくらいだから船の形をしているんだろう。

街道から河川敷に向かって頑丈な板張りの小道が作られている。両側には葦《あし》が生えていて、誰が行き来しているのか外からは見えない。

「なるほど。密会の場所か」と軽く頷いて軽やかに歩いていたら、船宿に到着した。

船と言うよりは川床に壁と屋根をつけた四角い家だ。

船宿は間隔を置いて五つほどあるが、明かりが点《つ》いているのは一番奥の一つだけだった。

きっとあそこに翠嵐がいる。

春雛は明かりが灯る船宿を目指した。

しゃがみ込み、にじり口の入り口に声を掛けようとしたら障子が開いた。

「元気な足音だからすぐに分かった」

「そりゃよかった。ほら、中に入るからどいて」

ぞんざいに扱ったのに、翠嵐は笑顔で荷物を受け取って場所を空ける。

中は立派な畳が敷いてあり、障子で囲われた座敷のようだ。ぱんぱんに綿の詰まった豪華な布団が隅に畳まれている。何も載っていない黒塗りの膳が一つと、酒用のぐい飲みが二つ。広さは四畳半もないだろう逢瀬《おうせ》のためだけの部屋。掛け布団の派手な柄がちらちらと見えて、急に恥ずかしくなった。

「ちゃんと、おとうさんと頭の兄さんには翠様のところに行くと言って来た。俺は枡元屋を逃げ出したりしないから」

「ここまで捜しに来られちゃ困るしな」

「……みんな、初めての旅館だって凄く喜んでた。料理も旨かったし、風呂も凄く広かった。頭の兄さんと真夕兄さんが組んで、誰も覗けないように巡回してたんだよ。二人で棒を持って、風呂場の周りをうろうろ歩いていて面白かった。それと……」

春雛は重箱を開けて膳に載せ、ぐい飲みに酒を注ぐ。

「うん」

「旅館の主と厨房の料理人の話をつい聞いてしまった。断じて盗み聞きじゃない。……翠嵐が前金ですべて支払ってくれてありがたかったって。川沿いの店もとても繁盛したってさ」

「それはよかった」

「いろんな人が翠嵐に感謝しててさ、それを聞いてる俺は自分のことみたいに、無性に嬉しくなってさ。……本当にあんたは凄い人なんだなって……」

春雛は笑顔でぐい飲みを翠嵐に差し出した。

「そこで『やっぱり俺たちは永遠の蜜月』って言葉が出てこないとだめだな」

翠嵐がぐい飲みを受け取って中身を一気に呷る。

「褒めたんだから、そこは素直に受け取れよ。……ったく、障子を閉め切ってるからあんたの香りでいっぱいなんだよ。ここ」

空気の入れ換えをしようと障子に手を伸ばした春雛だったが、腰を掴まれ引きずり戻されて畳の上に寝転がる。

「そんなことさせるか。まったく、駄々をこねたり色気なく誘ってきたり、俺をどこまで振り回せば気が済むんだ、お前は」

魚を焼くように慣れた手つきで仰向《あおむ》けにされたので文句を言おうとしたが、翠嵐の視線が股間に移ったので「見るなよ」と両手で股間を隠した。

「俺の香りに当てられたな」

「そんなんじゃない……。満月と新月が同じ場所にいれば、新月はこうなるんだ」

「馬鹿。新月が満月と一緒にいて発情するのは熱砂のときだけだ。熱砂を患ってもいないのに、お前が俺を誘ういやらしい香りを漂わせるのは蜜月だからだ」

　股間を隠した両手を翠嵐に引き離される。

　乱れた着物の袷から、勃起した陰茎を包んでいる白い下穿きが見えた。先走りで濡れて薄桃色に透けている。

「こんなにとろとろにして。俺が欲しくてたまらないんだな。可愛い」

「だから……俺は新月だから……っ」

「では春雛は、傍にいる満月なら誰でもいいのか？　俺以外の満月の前でも、こんな風にいやらしく濡れるのか？　そんな、切ない表情で見上げるのか？」

　何を言ってるんだこいつは。

　いくら満月とは言え、どこの誰とも知らないヤツの前でこんなはしたないことになるか。体がこんなことになるのは、あんたの香りがあまりに甘くて、俺の体の中に染みるから。体の中から俺のことを弄るから……。

　春雛は首を左右に振って、「誰でもいいなんて言うな！」と大声を出す。

「俺の客はあんただけで、あんたはとんでもなく凄い満月だから、俺はよそ見をしてる暇なんてねえよ！　そもそもあんた以外の誰かに触られるくらいなら、死んだ方がましだ！」

　すると翠嵐が真顔で何度か瞬きをした。

「翠嵐……？」

「ふ、ふふ……愛しているよ春雛。たとえ、そうだな……蜜月でなくとも、俺はお前に出会ったら恋に落ちていただろう。心から愛している」

　愛していると言われた。

　一緒に恋の穴に落とされたはずなのに、春雛だけが一人で素直になれず暗い穴の中でうろうろしているような気がする。

「俺は、何も言えないのに……あんたばっかり……っ」

　自分の頭を撫でようとした翠嵐の左手をむんずと掴み、まだ残っていた歯形をなぞるようにして噛んだ。

「可愛いねお前は。俺の体に歯形をいっぱい残してくれ。俺もお前の体にたくさんの痕を残すから」

「可愛くない……俺は……少しも……っ、もっと噛んでいい……？」

　翠嵐の左手を甘噛みすると心が満たされていく。

　これは誰にも渡さない。自分だけのものだと思う気持ちが快感になった。

「ふっ、んっ、ぅ、うう、っ、は……っ」

翠嵐も春雛の耳をそっと噛んだ。首を噛まないと約束した代わりに、耳朶を噛み、舌を使って丁寧に舐める。そのたびに春雛は足を蹴って快感に震え、すっかり濡れそぼった下穿きがついに露わになった。

「はっ、あ、翠嵐の香りが……っ、中に、入ってくる……っ」

春雛は口から翠嵐の手を離し、両手で下腹を擦りだす。下穿きに包まれた陰茎には手を伸ばさずに下腹を擦って、体から淫靡《いんび》な熱を追い出そうとした。

このままでは翠嵐の香りに体中を侵《おか》されて、離れられなくなってしまう。

「そうだよ。俺の香りは春雛の体に染みこんで、中からお前を愛撫するんだ」

「あっ、あ……っ、だめだ、そこは……だめ……っ……嫌だ……っ」

胸元を大きくはだけられて翠嵐の手で包み込まれゆっくりと揉まれた。彼の手のひらで乳首が転がされて、その刺激だけで達してしまいそうになる。

気持ちよくて気持ちよくて、目尻に涙が滲《にじ》んだ。

「本当にだめなのか？　俺に触られるのは嫌か？」

「違う。違うんだ……っ……なんて言っていいか分からないけど……俺は……」

「じゃあ、ちゃんとねだってくれ。気持ちがいいなら気持ちがいいと声に出して教えてくれ」

「今、気持ちいい……」

もっと胸を揉まれたい。硬くなった乳首を摘まんで扱《しご》いて、いっぱい弄ってほしい。

「胸？」

「ん。気持ちいい。もっと強くても、平気……っ、あっ、ああ、あっ、なんでそこ、分かるんだよっ、あああっ」

乳首を引っ張りながら扱かれて、目の前に快感の星が飛び散った。

勝手に腰が揺れて、翠嵐の下腹に押しつけてしまう。

「う、う……っ、それ、好き……っ」

「うん。気持ちいいね。素直な春雛は可愛い。俺に乳首を弄られて達せそう？」

「あ、あ、っ、分かんない……っ、ああ」

乳首で達したことなどない。

なのに。

翠嵐に乳首を扱かれるたびに、痺れるような快感の波が押し寄せて下腹を甘く苛む。気持ち
がいいのに達せないことがもどかしくて、口から熱い吐息だけが漏れていく。

「春雛。愛してるよ。俺に見せて」

「恥ずかしい。こんなの、恥ずかしい……っ」

羞恥で逃げようにも、翠嵐の愛撫に抗うことなどできるわけもなく、春雛ははだけた着物の
裾を固く握りしめて目を閉じる。

「恥ずかしくない。俺が気持ちよくしてやってるんだから、春雛は気持ちよくなっていいんだ。

ね？　可愛い、俺の運命」

耳元の囁きと同時に乳首をきゅっと押しつぶされた次の瞬間、春雛は達していた。

腰がガクガクと震えて息をするのも苦しい。

下穿きの中は精液でとろとろに濡れて、股の間から溢れ出た。

「あ、あ、あ……っ、あっ」

「もっといっぱい達したいよな？　春雛」

達したばかりの乳首を指で小刻みに弾かれて、今度は背を仰け反らせて達した。

「ひ、ぁ、あ……っ」

陰茎が勃起する間もなく、一度絶頂を知った乳首に触れられると少しの刺激で達する。

「翠嵐、翠嵐っ、も、だめっ、よすぎてだめ……っ」

腹の中で熱を帯びた何かが目を覚ました。

そこがキュウキュウと収縮するたびに、春雛は切なくて苦しくて腰を揺らしてしまう。

もっと激しい刺激が欲しくてたまらない。

「翠嵐、もっと……っ」

用をなさなくなった下穿きを剥ぎ取り、「ここ」と自分で両脚を抱えた。

すっかり受け入れる準備ができた後孔を晒すのは死ぬほど恥ずかしくて、でも信じられないほど気持ちがいい。

春雛は「恥ずかしいよ、翠嵐」と涙ぐみながら、後孔から愛液を溢れさせる。

「俺の一物が欲しいのか？　他の満月でなく俺のものが？」

「翠嵐のものが欲しい。俺の腹の中をいっぱい弄って。激しくしていい。翠嵐の好きに動いてくれ。俺の腹の中を翠嵐でいっぱいにして……っ」

「可愛くねだってくれたんだ。いくらでもくれてやるよ」

ぐいと腰を高く持ち上げられて、翠嵐の熱を後孔に感じた。

火傷をしそうなほど熱く滾《たぎ》った陰茎が、なんの遠慮もなく入ってくる。

「翠嵐が、中にいる………っ、……ひゃ、あっ！　ああっ！」

腰を掴まれたまま正常位で激しく打ち付けられた。

陰茎の圧迫感は最初の数回だけですぐに体に馴染み、逆に収縮して翠嵐の陰茎を捉《とら》えて放さない。

「ひゃ、あっ、奥、奥に当たる……っ……気持ちいい、気持ちいい……っ……勝手に腰が動くの止まらなくて、ごめん……っ」

これが新月の本能なのか、春雛は翠嵐の動きに合わせて腰を揺らし、一層深く彼の陰茎を受け入れる。

「ああ、お前の中は、なんて心地いいんだ。この奥にあるのは子宮か？　ここで俺の子を孕むのかと思うと、愛しい場所だ……っ」

とんとんと、まるでノックをするように奥を突き上げられた。

息が止まるほど気持ちよくて、胸の奥が切なく疼いて締め付けられる。

「交合するほど、俺を咥《くわ》え込んで放さなくなる。運命の満月の精液が欲しくてたまらないのか？　奥にたっぷり注ぎ込んでやるから、しっかりと受け止めろ。俺の子を孕め……っ」

「はっ、あ、あああっ、熱い……っ、熱いっ！」

翠嵐の迸《とばし》りを奥に感じて、春雛も一緒に達した。

いつまでも腹の中が熱くて、呼吸をするたびに体中が疼く。

ゆっくり休んで、夜明けまでにもう一度かな……と思っていたところ、腹の中で翠嵐が再び硬さを増した。

「あ」

「永遠の蜜月なら、お前が熱砂を患わなくても孕めるだろう？　お前によく似た可愛い子供たちが欲しい。そのためには、いっぱい気持ちよくしてやろうな？　春雛」

「今はだめ、翠嵐、だめ……っ」

抗っている間に帯を解かれて裸に剥かれる。

「だめじゃない。むせかえるほどいい香りを出しているくせに俺を拒むな。ほら、ここを突いてやるとすぐに可愛い声を出す」

「あ、あっ、そこ、気持ちいいからだめだって、翠嵐、ほんと、俺……っ、あ、あ、あっ！」

ぐっと腰を掴まれたまま、腹の中の一番感じるところを陰茎で突かれると、感じすぎて涙が零れる。

子供のように泣きじゃくって逃げようとすると、翠嵐に「だめだ」と言われて引き戻された。懲りずに何度も逃げようとするたびに体位が変わって、今は翠嵐の上に乗せられて下から乱暴に突き上げられている。ひたりと密着している上に両手を掴まれているので、翠嵐の激しい突き上げを受け入れるしかなかった。

「も、だめ……そんな凄いの……だめ……奥まできてる……っ、当たってるのに……っ」

よすぎて苦しい。でもやめないでほしい。

腹の中が翠嵐の形に馴染んでいくのが嬉しい。

「じゃあ、やめていい？　可愛い春雛、お前の中は俺を締め付けて離さないのに」

「やめないで、やめちゃ……嫌だ……俺……ずっとこうしていたい……っ、気持ちよくて、翠嵐にしてもらうのが気持ちよくて……っ……好きっ、好きだから……っ、翠嵐が好き……っ」

繋がっているときだけ素直になれるなんて。

春雛は、翠嵐が微笑んで「いい子だ」と言ってくれたのが嬉しくて、気を失うまで翠嵐を求めた。

だから翠嵐が「そろそろ首を噛ませてくれよ、俺の大事な蜜月」と囁いたのに気がつかない。

船遊びから帰ってきたときのような浮かれ具合はなくなったが、今朝は別の意味で店全体がそわそわしていた。

なんと言っても、布由が豪商の若旦那に娶られる日なのだ。

口の減らない遊君たちは「布由姐さん、ギリギリで間に合ったね」「布由姐さんに馴染みなんていたっけ?」と囁き合って笑ったが、大体の者は彼女をねぎらい、新天地で幸せに暮らせと言った。

使用人頭の波澄は「おとうさんとおかあさんに頼まれたんだよ。違う薬に慣れるまでこれを使うといい」と、彼女に熱砂丸が入った小瓶を手渡した。

布由を母とも姉とも慕っていた何人かの遊君たちは、涙目で「幸せになって」と言って彼女の手を握る。

実は春雛も、そういう意味で少し寂しかった。布由には母のような包容力を感じていた。遊君たちが彼女に懐いたのは、そんな雰囲気があったからなのかもしれない。

布由は髪を街人のようにあっさりと結い、豪華な簪《かんざし》や着物は可愛がっていた遊君たちにすべて渡した。春雛も帯を貰った。

布由は豪商の若女将らしい、地味だが上質の着物を着て、枡元屋の主夫婦とともに若旦那がやってくるのを待った。

空は青く雲一つないいい天気で、冷やし飴やかき氷の屋台が掛け声を上げながら大通りを歩いていく。

しばらくすると大門方面が騒がしくなった。

他の遊郭に勤める下働きの子供たちが「馬車が来たよ！」と、頬を真っ赤にして大声を上げながらこちらに向かって走ってくる。

「馬車だって……！」

春雛は遊郭の三階の手すりから身を乗り出して、大門方面を見た。

みながみな店の前で彼女を送るのではなく、それぞれ好きな場所に陣取っている。春雛は馬車が見たくて見晴らしのいい三階にいた。

装飾を施した栗毛《くりげ》色の馬に引かれた馬車が見えてくる。

澄まし顔の御者《ぎょしゃ》は二人で、羽織には皆本屋の、菱形《ひしがた》に本の字が入った屋号《やごう》が染められていた。

「馬が四頭だ！　鬣《たてがみ》に金の髪紐をつけてる！　あと……馬車がすげえ！」

西洋のおとぎ話で読んだことのある、王子様が乗る白く輝く馬車とは趣《おもむき》が違うが、白木に金銀の飾りがついた立派な作りの馬車だった。

「ほう。あれはなかなか……。細工が細かい！　物作りを得意とする技冠国で作られた馬車だな。それに馬もいい馬だ」

春雛を背後から抱き締めるようにして、翠嵐が馬車を観察する。

「そんな凄いのかい？」

雪里が急いで駆け寄り、手すりを掴んで大通りを見下ろした。

皆本屋の若旦那が店の主に挨拶をする頃には、めでたいことだと店の周りは人だかりで、その中で布由がもっとも輝いていた。彼女は、若旦那の差し出した手をしっかりと握りしめて馬車に乗り込む。

真夕が布由に何か囁いているのが見えた。布由が笑ったのできっといいことだろう。

「布由姐さん！　子供は三人は産んでおきな！」

雪里が大声を出して手を振った。

「馬鹿言ってんじゃないよ雪里！　五人は産むからね！」と布由が笑顔で返事をする。

彼女のすがすがしい微笑みを見た雪里は桜森長持唄《ながもちうた》を歌い始めた。

誰が作ったのか知らないが、遊君が娶られる祝いのときにいつも誰かが歌っていた。

歌の上手い雪里が歌うならと、いつも合いの手を入れる遊君たちも、今だけは黙って聞き入る。

よくぞここまで頑張った。旦那さんに幸せにしてもらえという歌詞は素朴《そぼく》だが、遊君たちの切ない願いが詰まっていた。

布由は馬車の窓から顔を覗かせてみなに手を振りながら、終始笑顔の若旦那と大門を出て行く。

店の者や集まってきた野次馬たちは、馬車が大門を通り抜けるまでを見守った。

「好きな人が迎えに来てくれるなんて羨ましい。しかも娶られた。遊君の一番の幸せだ」

春雛の母・雛菊に迎えは来なかった。彼女はこの店で春雛を産み、死んでいった。

母には母の事情があったのだろう。

「母さんも、好いた男があんな風に馬車で迎えに来てくれるのを待っていたんだろうな……」

待って待って十月十日《とつきとおか》。

春雛を産んでも十年待った。

「あの幸せを当たり前だと思っちゃいけないよ？　あれは夢だ。真昼にたまに見る幻だと思えば、この先辛くないだろう？」

雪里が落ち着いた声でそう言うと、今度はいつもの調子で「今夜は振る舞い酒があるね」と微笑んで座敷から出ていった。

「……春雛は馬車に乗りたいか？」

「そりゃあ、まあ。だってみんな、乞われて新天地だ。誰かに必要とされたいじゃないか。あー……でも難しいな。俺を必要としてくれる人なんて……」

「目の前にいるんだが」

「翠嵐？」

「そうだ」

「……そういうことは、嫁にしてやれ。ちゃんと満月の嫁を貰うんだぞ？　あとは、子供をいっぱい産んでくれる性格のいい新月と契約をしておけ」

翠嵐の子供はとても愛らしいだろう。なんとなく想像はつく。

だが翠嵐が「馬鹿だ馬鹿だと思っていたが……気持ちのいいほど馬鹿だな、春雛。でもそこが可愛い」と言って、盛大なため息をついた。


遊君たちの船遊びは別の店でも成功したと噂に聞いた。

誰一人逃げ出す者がいなかったのは、桜森遊郭街が比較的裕福な遊郭街であったからだろう。

店に来た行商人が、「領主様が違うと、いろいろ大変みたいですよ。しかもここは街主様が遊郭街をしっかり束ねていらっしゃいますからね」と、茶飲み話をしながら使用人たちに小間物を勧めて商売を始めた。

春雛もつい懐紙に包まれた金平糖《こんぺいとう》を買ってしまった。

「まあ、そういうもんだろう。領主の個性が出ていると思えばいい。誰も彼も助けることはできない。ならば自分の領土の民だけでも助けたいってな」

　翠嵐はそう言うと、座卓の上に山積みになった書類に目を通していく。

「翠嵐様、せめて今の倍の速さで書類を処理していただきたいのですが」

　優雅に腰を下ろして翠嵐を睨《にら》んでいるのは、蜜柑《みかん》色の目を持つ満月で彼の部下の灯易《とうい》だ。なかなか仕事をしてくれないからと、彼は朝っぱらから馬に乗って枡元屋に押しかけたのだ。

　春雛は一度、翠嵐の屋敷で彼とすれ違ったことがあるが、言葉を交わしたわけではないので、密《ひそ》かに緊張していた。

「遊郭に仕事を持ってくる人間がいるか？　無粋な男め」

　翠嵐は恨めしそうに灯易を睨む。

「仕事をさっさと終わらせておけば、こんな事態は招きません」

「あー……正論は腹が立つ」

「俺も、何もないまま給金が発生するのは気が重い」

　春雛は、文句を言う翠嵐の横で真顔になった。

　上手くはないが弦楽器でもつま弾《び》こうか。それとも歌でも歌おうか……と自分ができることをあれこれと考えてみるが、どれも翠嵐の仕事を邪魔するだけの気がする。

　なのでもう、今日は遊君ではなく下働きに戻って、翠嵐に「お茶と菓子を持ってきましょうか？」と聞いた。

「それはいいですね。甘い物は頭の働きをよくすると聞きます。春雛さん、これで買えるだけの甘い菓子を」

灯易にいきなり財布を渡されて「ひええ」と変な声が出た。

「財布はいりません！　厨房で甘い物を見繕《みつくろ》ってきます！」

今は遊君の恰好なので、素早く動くために着物の裾をたくし上げる。すねまで丸見えだが、気にせず座敷から出て行った。


階下から「これ春雛！」「みっともない！」と、春雛が叱られる声が響いてきた。

翠嵐は「ははは」とだらしない顔で笑い、灯易に「可愛いだろう？」と同意を求める。

「それは蜜月だから可愛く見えるのでしょう。あの子の容姿は特別美しいわけでもない。遊君としては中の中。そして所作に優雅さが足りないのはいけませんね」

「お前、厳しいな」

「これが護衛もこなす寒蘭《かんらん》であれば、『あれくらい元気な新月の方がいい』と言ったでしょうが。……あの子に領主の妻が務まりますか？　私は無理だと思います。、というか、こちらの仕事が増えそうで嫌だ」

灯易は銀髪を掻き上げて「番だけではだめなのですか？」と問う。

「だめだ。春雛は俺の番で妻だ」

「……まだ首も噛んでいないのに？」

「お前はほんと、言い返せないことを平気で言う。喧嘩にもならん」

翠嵐は唇を尖らせて、次から次へと書類を確認して署名していく。時折「これは俺ではなく現領主の判断を仰ぐべきでは？」という内容もあったが、指摘をしたら面倒なことになりそうだったので無言で署名をする。

「俺はな、あの子の気持ちを一番に考えたい。大事な永遠の蜜月だから、納得した形で首を噛みたいんだ」

永遠の蜜月は道理をねじ伏せる。

だからこそ翠嵐は、春雛の気持ちを尊重したい。

「そんなことを言っている間に、違う満月に噛まれることもあります。あなたは味方と同じぐらい敵も多いというのをお忘れなく」

「分かってる。でも春雛はここにいれば安全だから。遊君に何かがあったら街主が動く」

「あー……丙《ひのえ》さんの家は代々立派に遊郭街街主を務めていらっしゃいますしね」

「子供の頃はよく一緒に遊んだよな」

「……その頃の友人は、今は立派に働いていますが？　あなたも早くその書類を読み終えてください」

翠嵐が「熱いお茶を飲みたい……」と呟いたところで、元気のいい足音が聞こえてきた。

濃茶《こいちゃ》と栗まんじゅう、泡雪《あわゆき》かん、餅の入った粒あん最中《もなか》、きな粉と黒蜜《くろみつ》のかかった葛餅《くずもち》に、口直しのさっぱりとしたところてん。蜂蜜につけた梅干し。

春雛が持って来たものだ。

「厨房に行ったら、ちょうど菓子屋が菓子を納めに来てたからいくつか貰ってきた」

大きな盆の上は甘い物でいっぱいで、これには翠嵐と灯易も「ほほう」と感嘆の声を上げた。

「俺は西洋菓子が好きだが花冠国の菓子も好きだ。どれも旨そうじゃないか」

「色味は地味ですが味は上品なんですよね。素晴らしい。しばし休憩にしましょう」

二人がほくほく顔になるのを見て、春雛も持って来てよかったと嬉しくなる。

「そういや、食事はどうする？　料理長に聞いてこいって言われた。ちなみに今日の昼は、トウキビと空豆《そらまめ》の炊き込み飯に夏野菜の天ぷら、小魚の甘露煮《かんろに》だって。夜は肉を焼くってさ」

すると翠嵐は「いいなそれ」と言った。

灯易も「素晴らしいです」と頷いた。

つまり二人とも食べるということだ。

「分かった。昼も夜も食べるって伝えてくる！」

言うが早いか、春雛は素早く廊下に出て、階下に向かって「翠様とお客様、昼飯と晩飯食べるって！」と叫ぶ。

すると「分かった」「横着《おうちゃく》するんじゃない！」「お前は何度言ったら分かるんだ！」と了解の返答とお叱りを受けた。

「不調法でごめん。でもちゃんと下に伝わったから！　飯が楽しみだな二人とも！」

「……お前、それはだめだ。俺の大事な番としてちゃんと躾《しつ》けなくては」

「同意です。激しく同意いたします」

笑顔の春雛に対して、翠嵐と灯易は眉間に皺を寄せてため息をつく。

「気性はいいのでしょうが、がさつで無学では翠嵐様に嫁ぐのは無理では？　まあ、勉学は学習すればどうにかなる……？」

思案する灯易に、春雛がむっとした顔で「読み書き計算はちゃんとできる。遊君たちの恋文の代筆だってしてるんだ」と言い返した。

「恋文の代筆だと？」

「読み書きができるのはよいことです」

翠嵐は目を丸くして驚き、灯易は頷く。

「おい春雛。お前に恋文が書けるのか？　『愛しい誰か様へ』なんて書くのか？　俺という者がありながらなんだそれは。けしからんな！　俺に送れ。俺に寄越《よこ》せ。そもそも俺は一度もお前から恋文を貰ったことはない」

「え？　翠嵐に恋文なんて、そんな恥ずかしいことができるかよ。書いたら残るんだぞ？　無理。絶対に無理」

春雛は顔を赤くして首を左右に振る。

翠嵐がみるみるしょんぼりしていくが、灯易が「ぶっ」と噴き出したので多分大丈夫だろう。

「さあさあ翠嵐、肩を落としていないで甘いものを食べてくれ。俺はちょっと、野暮用を終わらせる。翠嵐、紙を少し貰っていいか？　紙代は出す。あと羽根ペンを貸してくれ」

翠嵐が「全部好きに使いな」とため息をつきながら頷き、灯易が紙を数枚と綺麗に整えられた羽根ペンを渡してくれた。

「俺のいる前で、誰かへ渡す恋文を書くのか？　最悪だなお前」

「珊瑚に頼まれたんだ。土産と手紙は来たのに、本人だけがどれだけ待っても来てくれないってさ。珊瑚は読み書きできないから、俺が代わりに書いてやるんだ」

多分、珊瑚の客はもう彼女のところには来ないような気がする。

春雛はそういう光景を今まで何度も見てきた。でも遊君が望むなら、笑顔で恋文を請け負《お》い続ける。

「……読み書き以外にも、よかったら、もっと勉強ができるものを用意しましょうか？　計算の本や外国語の本などはどうでしょう」

灯易の提案に、春雛は「本当⁉」と笑顔で前のめりになった。

いろいろなことを覚えたら店の役に立てる気がする。

だが、ちらりと見た翠嵐が不愉快そうな顔をしたので慌てて笑顔をしまった。

「いや、その、読み書きだけで十分、です。気持ちはありがとう。俺は、遊君の恋文を代筆するのと下働きで忙しいから……」

「今から勉強をしたら、俺と一緒にいる時間が減るだろうが！　春雛が勉強するのは、俺の妻になってからでいい！　今は盛大にいちゃつきたいんだ！」

春雛の声を遮《さえぎ》るような翠嵐の大声に、灯易が「情けない」とため息をつく。

しかし春雛は翠嵐の我が儘が嬉しくて、思わず顔が緩《ゆる》んだ。

「どうした春雛。にやけ顔だが俺との逢瀬を想像しているのか？」

言われて初めて自分の表情に気づく。

「違う！」

「そんな大声で言わなくていいだろうに。……俺宛てでない恋文なんてさっさと書き終わればいい」

翠嵐は拗ねた声を出し、再び書類に視線を落とす。

灯易も灯易で、慰めるより「さっさと済ませてください」と冷淡なものだから、翠嵐がどんどんしぼんでいくのが分かった。

その姿が可愛いやら可哀相やらで、春雛は思わず「仕事の合間に、あんたにも恋文を書いてやるから」と声を掛ける。

「合間だと？　俺のためにしっかりと時間を割《さ》いてもらわないと」

「なんて我が儘なんだろう。俺より年上なのに」

「愛というのは我が儘なものだ。当然だ。だからこそ、恋文の誘い文句で客が遊君に会いに行く」

それもそうかも……と納得しかけたところで、灯易が「屁理屈《へりくつ》を言っている暇があったら、一枚でも多く読んで署名をしてください」と突っ込みを入れた。

「灯易。お前は俺の部下なのに俺の恋路《こいじ》を台無しにしたいのか？」

「未成年を相手に何を成し遂げようと言うんですか、あなたは」

「遊郭で働いてるから、春雛の心はすでに成人だ」

「あなたは馬鹿ですか！」

我慢できずに噴き出した。

何やってんだ、二人とも満月の大人のくせに子供みたいな言い争いをして……と、口には出さないが笑い声と態度で盛大に示してみせる。

「あー……まあ、いいよ。お前が楽しいならそれでいい」

「……私も、上司を馬鹿呼ばわりしたことを少しは反省します」

二人の大人はばつの悪そうな顔をしてそう言うと、揃って春雛の顔を見る。

「俺も、その、笑ってすみませんでした。俺も早くこの恋文を書き終えて、翠嵐に渡す恋文の文章を考えるよ」

　翠嵐が笑顔になった。

「そうか。では頑張る春雛には俺が栗まんじゅうをやろう」

「では私は、葛餅を」

「う……嬉しい、けど……っ」

　甘い物は大好きだが、さすがに今は「ありがたく」と受け取れない。菓子は彼らの疲れを癒やすためのものなのだ。

「き、気持ち、だけ……っ！　そりゃ俺、甘い物は大好きだけど、ここで貰ったらただの馬鹿だ！」

「いい。俺が許す。ほら、春雛。俺の手からまんじゅうを食え」

　翠嵐が懐紙に盛られたまんじゅうをひょいと掴んで、春雛を呼ぶ。

「う、ううう……」

　必死で誘惑に抗うが、灯易が「翠嵐様が『よい』と言われたのですから大丈夫」と言ってくれたので、それを免罪符《めんざいふ》にして顔を寄せて口を開く。

　一口噛んで「うまっ！」と目を丸くしたら、「子供か」と笑われる。

「大きな栗がゴロっと入ってるんだ。あと、こしあんが香ばしくて旨い。俺一人で食べるなんて勿体ないから、二人とも食ってくれ！」

「お前のそういうところがどうしようもなく愛しいよ。口づけてもいいか？」

にやにやしながら寄ってくる翠嵐に「だめだ！」と言って、灯易の後ろに素早く移動した。

「じゃあ春雛、今度はお前が俺に食べさせてくれ。そうしたら我慢して仕事をするから。な？」

またしても灯易が「馬鹿ですか」と突っ込みを入れて、春雛は腹を抱えて笑った。


「今日のところはこれで許して差し上げます。明日もまた、誰か翠嵐様の許にやってきます」

革製の大きな鞄に大量の書類を詰めた灯易が、まるでどこかの金貸しのような台詞を残して座敷を去って行った。

「……頼まれた恋文は書けたのか？」

さっきまで書類が山のように置かれていた座卓に頬杖《ほおづえ》をついて、翠嵐が訊ねる。

「うん……。それが、ちょっと上手く書けなくてさ。今まで、姐さん兄さんたちがお客さんに語りかけていた言葉をそれらしく書いてきたんだけど……今回はちょっと難しいや。なんて書いたら、相手の心に一番響くんだろうな」

「『今すぐ会いたい』」

春雛は弾かれたように顔を上げて翠嵐を見た。

翠嵐がすっと視線を逸らして「俺なら、それだけでいい」と付け足す。

「それだけ？　本当に？　もっと、相手がどれだけ好きかとか書かなくていいのか？　甘い言葉が必要なんだろう？　遊君は甘い言葉を吐くのも仕事のうちだ」

「本当に会いたかったら、美辞麗句《びじれいく》はいらんということだ。それと、切羽詰まっているならいっそ直筆で書かせろ」

「字が下手でも？　見よう見まねで書いた言葉でも？」

「その遊君の気持ちが、書いた文字に宿るだろうさ」

そうか。どうせ諦めるしかないなら、できることは全部やった方がいい。

春雛は「少しだけ、席を離れます」と言って、翠嵐の返事も聞かずに座敷から駆けだした。

そして、しばらくして珊瑚を連れて戻ってくる。

「翠様！　すみません、春雛に呼ばれてきました！」

「いいからいいから！　今から俺が書いたとおりに文字を書くんだ。ほら、この紙にな……」

翠嵐の「いいよ」を春雛の声がかき消した。

そして、紙の上に「いますぐ、あいたい」と書く。

「文字なんて書いたことないよ」

「大丈夫！」

珊瑚がおどおどしながら、春雛から渡された羽根ペンで文字を書く。書き順も巧《うま》さも何もない、線の震えた文字。

「気持ちを込めて、ゆっくり書いていいから」

「わ、分かった……」

途中でインクが紙に落ちたが、珊瑚は構わず必死に文字を真似て、ずいぶん時間をかけてたった一行を書き終えた。

「難しかった……! でも、やるだけやった……!」

たどたどしい文字には彼女の思いが詰まっている。

「あの人は大事な話があるって手紙に書いたの。だから私、いつまでも待つんだ」

「うん。頑張れ珊瑚」

「ありがとう春雛」

珊瑚は翠嵐に向き直ると、「翠様ありがとうございました」と言って深々と頭を下げる。

翠嵐が何も言わずに微笑んでいるのは、遊郭の作法でもなんでもなく、珊瑚に過度な期待を持たせないためだ。

珊瑚が頬を紅潮させて座敷を出た後、春雛は小走りに翠嵐の前に正座し、改めて「ありがとう」と頭を下げた。

「やめろ。俺は自分の思ったことを言っただけだ」

「でも、やっぱり……嬉しいよ。珊瑚が喜んでくれて凄く嬉しいんだ。翠嵐のお陰だ。何度も言うけど、翠嵐は凄い人だ。あんたみたいな人が本当の満月っていうんだろうな。眩しいや」

「そこまで褒めてくれるのに、どうして俺の番にならないんだ？　俺たちは永遠の蜜月なんだぞ？　共に、出会った瞬間に恋の穴に落とされた仲だ」

翠嵐が「むっ」と唇を尖らせて腕を組む。

「うん。なんで番にならないんだろうな。俺にも分かんないや」

好きだと思った。好きだと言った。

そうしたら番になるものだと思っていたのに、春雛は先に進めずにいた。

「だったら、まずは番になってしまえばいい。その後で番になった理由を見つけろ」

翠嵐の言うことも一理ある。

しかし。

「項を噛まれたらここにいられない」

春雛は首紐を翠嵐に解かれないように両手で首を覆った。

「当たり前だ。大門を出て俺の屋敷に連れて行く。お前は俺とずっと一緒にいるんだ。そもそも番になったら、離れればなれでなど暮らさない」

翠嵐の声は静かだが、言葉の端々《はしばし》に威圧感を覚える。

「でも俺の世界は、枡元屋とこの遊郭街だ」

ここで生まれて、ずっとここで生きてきた。大門を出たのは、翠嵐の屋敷に連れられたときと、船遊びのときだけだ。

外の世界の思い出ができた。それだけでいい。

なのに翠嵐は、番になったら自分の屋敷に連れて行くという。

知らない世界で、翠嵐一人を頼りに生きていくのは恐ろしい。

「……番を解消された新月の話を知ってるか？　満月に捨てられた新月は、もう誰とも番になれない。熱砂のときも薬がなかなか効かずに苦しむ。だから……満月に捨てられた新月は長生きできないんだって」

「こら」

翠嵐が笑った。

次の瞬間、春雛は彼の左手で肩を掴まれ、体が浮いたかと思ったら仰向けに倒された。

背中を強打して息が詰まる。

「それ以上言ったら、いくらお前でも怒るぞ？」

「は……っ、ふ」

「どこまで俺を試したいんだ？　お前は。せっかく出会えた永遠の蜜月を捨てるわけがないだろう？　その前に、捨てるという選択肢があること自体腹立たしい。俺が領主になった暁《あかつき》には法律を変えてやろうか？」

「試してない。あんたを試してなんかいないよ。……翠嵐の世界はとても大きくて、俺の世界はとても小さい。差がありすぎて、俺はどうしていいか分からないんだ」

「馬鹿」

肩を掴んでいた翠嵐の左手が離れたかと思ったら、頭を乱暴に撫でられる。

「俺のことだけ考えていれば、不安なんてないのに」

「そうもいかないだろ。俺が暮らしてるのは遊郭だ。金の切れ目が縁の切れ目になるところを山ほど見た。不安でいっぱいだって」

いつかの布由のように、何もかもを軽やかに飛び越えて好いた相手の手を取れればいいのだけれど。

「春雛」

「なんだよ」

「薄々感じてはいたが……お前は面倒くさいな」

そう言って「ふふ」と笑われる。

分かってる。でも、そういう面倒くささも含めて「自分」なのだから、今更だ。

「好きな相手の胸に飛び込むのが、そんなに恐ろしいのか。さてどうするかな……」

「どうするかなんて……当の俺にもさっぱりなのにあんたに分かるのかよ」

「同じ恋の穴に落ちた仲で愛を共有しただろう？　きっと分かるさ」

翠嵐の手を取ったら、きっと想像も付かないことばかりが起こるだろう。

自分の小さな世界が急激に変化する。

「……そんなん、分からなくていい」

「強情め」

「あんたはしつこい」

春雛はゆっくりと体を起こして唇を尖らせた。

「そりゃそうだろう。俺はお前が欲しい。体も心もな？　どちから片方じゃなく両方だ。だから何があってもお前の項を噛む。ただし、お前が噛んでほしいと言ってからだ」

力任せに来られたら春雛は屈服するしかない。

だが翠嵐はいつも春雛の気持ちを考えてくれて、乱暴なことはしなかった。

「いつもそう言うよな。俺の気持ちを無視して噛んだりしない。あんたがもっと自分勝手なら嫌いになれるのに……」

「素直に、俺が好きでたまらないと言えよ」

「なんでそうなるんだよ！」

「では嫌いか？　俺のことはこれっぽっちも、なんとも思っていない？」

翠嵐がずいと顔を寄せて聞いてくる。

「嫌いなわけないだろ！　ああくそっ！　俺は何をどうしたいんだよ……っ！」

「可愛いなあ……春雛は」

目の前でにやにやされると腹が立つ。

春雛は「俺だけこんなに悩むなんて不公平だ」と呟いて、頭を抱えてため息をついた。

下働きとして枡元屋で働いて、たまに好物の甘味を食べられればそれでいい……という人生は吹っ飛んでしまった。

それもこれも、綺麗で、目眩がするほどいい香りのする男のせいだ。

「堂々巡りは時間の無駄だ。さっさと俺の胸に落ちてこい」

「え？」

「俺が絶対に幸せにしてやる。お前を辛い目には遭わせない。愛しているから俺の妻になってくれ」

「……あの、聞いていて照れる。恥ずかしい」

「俺は好いた相手には、気持ちを言葉にして伝えたい質《たち》だ」

「はいはい！　ちょっと失礼するよ！　厨房がね、酒と肴はどうするって聞いてるんだけど！」

真夕がいきなり障子を開き、無遠慮に中に入ってきた。

「今夜は人手が足りないんだよね。だからこの売れっ子の俺までかり出されちゃって大変なんだ！　下働きの子をもう少し雇ってくれてもいいと思うんだけど」

彼の登場に助けられた。

このままでは翠嵐の言葉に搦《から》め捕《と》られそうだったのだ。

「翠嵐はしばらく仕事でここに泊まるから、俺が料理や酒を運びます。兄さんに下働きの真似はさせられない」

これ幸いと、春雛は駆け足で座敷を出る。

背中に「寝るときは添い寝をさせるぞ！」と翠嵐の大声がかかったが、返事をせずに階段を駆け下りた。

翠嵐は相変わらず座敷で仕事をしている。

今日のお目付《めつけ》は寒蘭という名の満月の側近で、金髪に赤い目でとても凜々《りり》しい。

遊君たちが「翠様のお傍には美形しかいない。凄い」と黄色い声を上げていた。

春雛はというと下働きの恰好に戻って、最近入った下働きの少年少女に仕事を教えていた。

そして昨夜、新たに五名の少年少女が枡元屋に買われた。

「遊君が娶られるのはめでたいことだが、育て上げた子がいなくなってしまうのは店としては痛手《いたで》なんだよな」とため息をつく使用人頭を中心に協力して、いずれ遊君となる子供たちの世話をすることになった。

だから今は、春雛が下働きの子供にいろいろと教えている。

「分からないことを分からないままにしちゃだめだよ？　誰でもいいからすぐに聞く。料理を運ぶときに一番間違えやすいのが部屋だ。どの部屋に何を持っていくかしっかり聞くこと」

年端《としは》もいかない下働きたちは、真剣な表情で頷いた。

殆どが家族のために働きに出た半月の子たちで、給金の大半は仕送りするのだという。

「じゃあ、今日はここまで。厨房でご飯を食べておいで。午後からは使用人頭の兄さんが色々教えてくれる」

そう言うと、皆素直に「ありがとうございました、春雛兄さん」とぺこりと頭を下げた。

可愛いなあ。みんないっぱい稼げるようになればいいなあと思う。

「下働きの子は素直で可愛いね」

二葉が「やれやれ」とため息をつきながら春雛の許にやってくる。

「どうしたんですか？　二葉姐さん」

「昨日、新しい子が五人も来たじゃない？　新月の子。小さくて可愛いの。でもね、寝るときに布団の中で家を恋しがって泣きだしちゃって、そこからすっかりお通夜《つや》」

自分の境遇に納得しなければならないのは分かっていても、まだ子供。泣いているのに「十日もすれば慣れる」と笑顔で言っても通じない。

「いろいろ大変だな、二葉姐さん」

「こればかりは時間が解決するしかないから、吹っ切れるまでは少し自由にしてあげようって雪里姐さんたちと話をしたの」

「そりゃあいいや。俺も気に留めておきます。うちに馴染んでくれるといいですね」

「そう願うわ。……さっき、翠様のところへ挨拶に行かせたの。顔を覚えてもらって、よいお客を紹介してくれたらいいなと思って」

それまでは「健気な子たちだな」と暢気に話を聞いていた春雛は、翠嵐の名を出されて

「え?」と声を上げて狼狽えた。

「頭に髪飾りをつけた童子の恰好をさせてね。赤い着物に黄色い帯が、まるで水槽を泳ぐ金魚のようで可愛かった。翠様の目に留まれば嬉しいわ」

「そ、そうですか……」

「ところであんたたちの賭け、まだ終わってないのよね? みんな静かに見守ってるから頑張って。私、あんたたちに賭けてるのよ。だから翠様を骨抜きにして『春雛が傍にいないと俺は生きていけない』って言わせてね」

二葉の言葉が、じわじわと心に痛い。

「あなたたちの仲がどうなっているのか私にはさっぱりだし、翠様には昨日来たばかりの子をどうこうする趣味がないのは知ってるけど……」

翠嵐に限って何もあるわけないし、側近も傍にいる。翠嵐は春雛だけに愛を注いでいる。

「永遠の蜜月は離れられない、俺の妻になれ」と迫ってくる。

全く問題ないはずなのに、どうしても胸の奥がもやもやして落ち着かない。

「春雛は翠様のところに戻らないの?」

二葉が「んふふ」と意味深に微笑みながら春雛を見つめた。

「いやでも、俺、昼飯まだだし、着物を陰干《かげぼ》ししたいし、貰った髪紐や首紐の整理もしたい」

翠嵐の座敷に行くのは午後からでいい。今は自分の仕事を終わらせなければ。

なのに二葉は「なんで行かない理由を増やしてるの？」と問う。

「増やしてない。それに翠様は俺の馴染みだから、心配してない」

「甘いわ春雛。私や真夕兄さん、雪里姐さんをはじめ大体の遊君はあんたの味方だけど、隙あらば翠様を自分の馴染みにと思っている遊君もいるのよ？」

「まあ、翠様は人気があるからな」

遊君と同衾せずに、酒と肴、そして技芸を楽しみ店に大金を落としていく。遊君にとってたいそう嬉しい客なのだ。店の馴染みではなく、自分の旦那として馴染みになってほしいと思っている遊君は多いだろう。

しかし彼が自分から「俺が馴染みになる」と言ったのは春雛だけだ。それを知らない連中は、この遊郭街にはいない。

なのに「隙あらば」だと？

春雛は疑惑の視線で二葉を見たが、彼女は「嘘じゃないよ」と真顔で言い返した。

「あんた……そういう事情に本当に疎《うと》いわねえ。まあ翠様はあんた一筋だから、今のところ大丈夫だけど。でもどこに敵が潜《ひそ》んでいるか分からないから気をつけてね」

途端に、背中に嫌な汗が垂れる。

翠嵐は大丈夫だという保証はどこにもないのだと、今頃気づいた。

途端に、心の中に黒い濁流《だくりゅう》が渦巻いた。

もしかしたら、未だに項を噛ませてくれない春雛に内心はうんざりしているかもしれないし、賭けのことがあるから好いた振りをしているとも考えられる。

あれだけ美しい満月なのだから、「愛している」は言い慣れているだろう。

春雛へのちょっかいも、すでに義理になっているのでは……と、考えれば考えるほど悪い方へ行ってしまう。

「俺、ちょっと……顔を出してこようかな……」

「あれこれ考えるのやめて素直になんなさい」

背中を押してくれる二葉にぎこちなく頷いて、春雛は歩きだす。

下働きの着物のままだが、首を保護する首紐は翠嵐が春雛だけに贈った絹の上等なものだ。

俺は何を焦っているんだ大丈夫だと己を心の中で鼓舞しながら、歩きから小走り、ついには裾を持って勢いよく走りだす。

使用人たちには「またお前か」としかめっ面をされたが、遊君たちは昨日の夜から泊まりがけになった客をもてなすことに集中していて、春雛の足音など気にしない。

遊郭三階の目当ての座敷に走ると、障子が勝手に開いた。足音で気づかれたのか、寒蘭が笑顔で「元気だな春雛」と顔を出して手招きする。

「失礼します」と中に入ると、五匹の可愛い金魚、もとい、子供が畳の上に足を放り出して座っている。春雛は彼女たちの行儀の悪さを指摘できなかった。

彼女たちはおずおずと顔を上げ、春雛を見た後に、ようやく翠嵐をまじまじと見つめた。そして彼の美しさに釘付《くぎづ》けになる。

「お前たちの顔は覚えたから、もう帰っていいよ。遊君として座敷に上がるときはお祝いしてあげようね」

翠嵐の優しい笑顔に子供たちの頬が一瞬で朱に染まった。みなもじもじと両手の指を動かしたり、着物の袖で顔を隠している。照れているのが分かりやすいが、それを指摘したら可哀相だろうと誰も何も言わない。

彼女たちの初恋の人が決定した瞬間でもあったが、春雛はなんとも言えない複雑な気持ちになる。

「もう二葉姐さんのところに戻っていいよ。翠様に『それではしつれいします』と言うんだ。できるな？」

春雛の言葉に子供たちはそれぞれ頷く。

「すいさま、それではしつれいします」

五人の子はぺこりと頭を下げて、作法も何もないままに障子を開けて階下に駆けだした。

「とても綺麗ね！」「翠様！」「きらきらしてる！」とはしゃぐ声のあと、使用人の「走っちゃ危ないだろう！」と心配する声が聞こえた。

春雛は開けっぱなしの障子を閉めて、翠嵐に顔を向ける。

「はは。さっきまで目も合わせてくれなかったんだよ、あの子たち。春雛が来たから顔を上げてくれたんだ」

「怖がらせるようなことを言ったんじゃないのか?」

「何も言ってないよ。なあ? 寒蘭」

寒蘭が頷く横で、翠嵐が春雛に向かって両手を広げた。

「早く来い」

足下は書類の山だが、翠嵐の仕草は優雅で美しい。指先にインクの染みが付いていてもだ。

「会いたいと手紙を書けばよかったか? 春雛。俺は待ちくたびれた」

「申し訳ない。新しい子たちに仕事を教えていたんだ」

翠嵐はいつも通りの翠嵐で、心配する必要なんてなかった。むしろ、彼を信用できずに不安に駆られた自分が恥ずかしい。

春雛は心の中で翠嵐に謝罪し、彼の横に腰を下ろした。

「なぜ俺の腕の中に入らないんだ」

「仕事中だろ。横で応援してやるよ」

「応援は嬉しいが……それよりも俺に恋文を出せ。毎日出せ。喜んで読んでやる」

翠嵐が書き損じの紙を集めて手紙を読む振りをする。

「翠嵐様、そこで手を止めたら、俺の拳があなたの頭に炸裂《さくれつ》するがよろしいか?」

寒蘭が右手の拳を固く握りしめて、笑顔で翠嵐を見た。

「はいはい。仕事をしますよ。……ああそうだ、春雛、俺の代わりにこの文章を清書してくれ。お前の書く字はなかなか美しい。署名欄は空けておいて。できるな？」

無造作に紙の束を渡されて驚いたが、以前恋文を書いていたときの文字を覚えていてくれたのかと、無性に嬉しくなった。

「やる。ありがとう、俺にも仕事をくれて」

翠嵐に認められたような気がして心臓が高鳴った。

可愛いや愛してると言われるよりも、仕事を任される方が嬉しい。ずっと傍にいてもいいとお墨付きを貰った気分だ。

春雛は予備の座卓を取り出して、見本と清書用の紙を並べた。


今日も今日とて、春雛が使っている座敷は翠嵐たちの「職場」となっていた。

「翠様のところに入り浸るのはいいが、ほいほいと菓子をもらって食っててんじゃないよ？　あれはお客様用の菓子なんだ」

いつもなら使用人が菓子とお茶を持ってくるのだが、暇を持て余した真夕がお茶の用意を持ってやってきた。

「なんだい。今日はどんな綺麗な側近がやってきたのかと期待してきたのに、誰もいないじゃないか」

側近と翠嵐は二人で重要な話があるとかで座敷を出ている。

「行き違いになったみたいですね、兄さん。もう少しで戻ってくると思うんですが……」

「じゃあ、顔を見たいから少しここで待たせてもらおうかな。翠様に挨拶したい。なに、顔を見たらさっさと出て行くよ。…………ところで春雛。次の熱砂までに翠様と番になっておけ。翠様から、薬があまり効かなかったと聞いたぞ？　大変なことになってからじゃ遅い」

真夕は座卓に茶の用意が載った盆を置き、ふうと一息つきながら言った。

「……真夕兄さんだって、好いてくれる馴染みがいるのに番じゃない」

座敷であっても、どこで誰が聞いているか分からないと心配したのか、真夕は声を潜めて「お前と翠様は永遠の蜜月だ。俺とは全く違う」と言った。

「今のお前はその運命に抗っている状態だ。何が起きるかさっぱり分からない。ヘタをしたら命にも関わるかもしれない」

「兄さん、それはさすがに……言いすぎだ」

だが、翠嵐に初夜を渡したあとに熱砂丸を飲んだとき、薬の効きがおかしかったのは確かだ。翠嵐がいてくれたお陰で、熱でどうにかなってしまいそうな体を鎮めることができた。

「だから、自分の気持ちに素直になれ」

真夕は「なはは」と春雛に笑いかける。

「………真夕兄さんは、穴に落ちた後はどうした？」

「穴？　なんの？」

「恋の穴。翠嵐と一緒に落ちたのに、あの人は余裕綽々《しゃくしゃく》で俺ばかり焦っている」

「は、は……」

真夕はそこから先は肩を震わせて笑いだし、しまいには呼吸困難になりながら翠嵐の座敷に転がり込んでひとしきり笑い倒し、何も教えてくれなかった。


枡元屋の三階奥の座敷は、今ではすっかり翠嵐の執務室になってしまったようで、側近だけでなく事務方《かた》の者までやってくるようになった。

大体は半月の男性で、最初は遊君たちにからかわれて顔を真っ赤にして怒っていたが、今では誰も頬を染めない。

春雛は翠嵐の身の回りの世話をしたり、書類の清書を頼まれながら彼と共に過ごした。

最近は残暑が厳しくて、遊郭街の大通りは昼間は人っ子一人いない……のは大げさだが、みな午前中の少しでも涼しいうちに仕事を終わらせるようにしていた。

背中に商品を背負うだけの身軽な小間物屋や本屋はまだしも、荷馬車を引いてやってくる商人たちは大変だ。

そんなある日、珊瑚の許にようやく馴染みの旦那が現れた。

彼女自ら書いた文字にいても立ってもいられなくなり、すぐにでも枡元屋まで来たかったが、流行病《はやりやまい》を患った両親の看病と葬儀に思ったよりも時間がかかってしまったとのことだった。

「それが来るのが遅れた言い訳にはならないけれど」という前置きで、彼は店の主に話があると言い、使用人に案内されて来客用の座敷に入った。

昼の店には客だけでなく行商人や遊君の仲介人もやってくる。

春雛は今のうちに打ち水を済ませてから、今度は書籍に埋もれそうになっている翠嵐の許に行こうと思っていたが、珊瑚に「一緒にいて」と言われて店の上がり框《がまち》に腰を下ろした。

いつもなら「お客さんの邪魔だよ」「奥に入ってな」と注意する使用人たちは、今日に限って何も言わない。

彼らも珊瑚のことを気に掛けてやっているのだ。

「話、長いね……」

「そうだな」

「春雛は、翠様のお座敷に行かなくていいの？」

「あの人は今仕事をしてるから、俺がいても迷惑だ」

「そう。こんなに長くなるとは思わなかった。付き合わせてごめんね」

珊瑚が今にも泣きそうな顔で笑い、謝る。

謝らなくていいと言ってやろうと口を開けたところで、主が声を掛けた。

「珊瑚や、こっちにおいで」

「はい、おとうさん」

彼女は主に呼ばれて奥の座敷に向かった。

春雛は、自分もそろそろ翠嵐の座敷に行こうかと思ったが、珊瑚が戻って来たときにここに自分がいないと寂しがるのではと思って待った。

しばらくすると、「春雛」と自分の名を呼びながら珊瑚が駆け寄ってきた。後ろには珊瑚の馴染みが立っている。

「私ね、今日でここをやめるの。今から旦那様と一緒に技冠国へ行くの。向こうに行ったら、私は小間物屋の女主人なのよ。頑張って働くわ」

「今からか。忙しいな」

「そう。忙しいの。でも……大好きな人と一緒だから頑張れる」

それはめでたいことだ。

春雛は「幸せに！」と言って、彼女の手をしっかりと握りしめる。

「春雛もね。翠様と仲良くしてね？　あの人は春雛のことを本当に好いているから、素直になって胸に飛び込んで」

「そ、そうか……俺も頑張るよ……」

俺のことより自分のことを考えてほしいと思ったが、珊瑚に心配は無用のようだ。幸福のまっただ中で自信に満ちあふれて光り輝いている。

「うん。私、部屋に戻って荷物をまとめなくちゃ！　他の姐さんたちは部屋にいるかしら。挨《あい》拶《さつ》してから行きたいなあ」

涙目で幸せそうに笑う珊瑚に、夫となる人が「外で待っているから、世話になった人たちに挨拶をしておいで」と言って外に出た。

「また遊君が娶られるのか？」「ここのところ、続くねえ」と使用人たちの小さな声が聞こえる。五人の子供たちが入ったはいいが、遊君として座敷に上がれるようになるまでしばらくかかるので、店を思っての愚痴だ。

それでも「去年は浜松屋《はままつ》さんの遊君が何人か娶られましたよね」「そういう類《たぐ》いは順番に回ってくるんでしょうな」「遊君たちにとってはめでたいことじゃありませんか」と宥《なだ》める使用人の声も聞こえてくる。

春雛はどちらの会話にも肩入れしない。

店を心配する気持ちも分からなくはないが、遊君にとって一生を左右する出来事で、めでたいことなのだからいくらでも続けばいいのにとこっそり思った。

珊瑚の一件を翠嵐に伝えたら、笑顔で頷いてくれたのがとても嬉しい。この人はきっと立派な領主になるだろうと、勝手に確信してしまう。

「そうか。あの子が娶られたのか。よかった」

「うん。半分は翠嵐のお陰だ。珊瑚に代わって俺がありがとうと言わせてもらう」

今すぐ会いたい。

その言葉が気持ちのすべてだった。

「では、そろそろ俺の番になってもらおうかな？　俺はずいぶん待ったと思うぞ？　出会ったのは春で、そろそろ秋の足音が聞こえてくる」

「まだまだ残暑が厳しいんだけど」

「抱かせてくれるのに番にはならないなんて……春雛が本当の遊君のようで俺が辛い。早く娶りたい」

書物に付箋《ふせん》をつけていた寒蘭が「人にはそれぞれ事情があります。焦るとろくなことになりませんよ、翠嵐様」と口を開いた。

「俺の客はあんただけだ。そもそも俺に粉をかけてくる客なんていないし」

「それは春雛の魅力に気づいていないだけだ。……今日はひときわいい香りがする」

「いい香りなら、あんたのほうだろ。翠嵐」

春雛は膝立ちで翠嵐に近づくと「いい香りだ」と言った。

最初の頃は目眩がするほど酔っていたのに、ずいぶん慣れたものだ。

「……でも、今日は、今までで一番いい香りがする？　なんか不思議」

春雛はくんくんと鼻を鳴らして、翠嵐の首に顔を埋《うず》めて胸いっぱいに香りを嗅いだ。

「お前がそんな大胆なことをするからだ。いつもはこんなことをしないだろう？」

「うん。でも、珊瑚のことが嬉しくて。翠嵐は本当に凄いなあ。答えを全部持っててずるいなあって思う」

「凄くない。一番欲しいものは手に入れてない」

「…………それって俺のこと？」

「分かっているならわざわざ聞くな」

翠嵐が呆れ声で言うが、春雛は香りを嗅ぐことをやめられない。

「もう少し、もう少しだけ、嗅ぎたい。凄くいい匂いだ……」

翠嵐が清書した書類を整理していた寒蘭が、「この座敷はまったく香りがしませんが」と言ったのが不思議だった。

上等な酒にどっぷり浸かったように、とてもいい香りがして気持ちよく酔えるのに。

青空に映《は》える雲の形が変わり、頬を撫でる風に冷たさが混じる。

「早く寒くなってもらわないと山は紅葉《こうよう》しない」と紅葉《もみじ》狩りを楽しみにする客の話し声が聞こえ、遊君の髪飾りも山吹《やまぶき》色や朱色が多くなった。

翠嵐から、赤に黄色の楓《かえで》の刺繍が入った新しい首紐を贈られた春雛は「もうそんな季節か」と思いながら丁寧に首に巻く。

人も空気も、もうすっかり秋の装いだ。


「ほらみんな。熱砂丸だよ。一日三粒。一週間分が入っているから、なくすなよ？　もしなくしたらすぐに俺に言うこと。薬は今夜から飲むんだからね？」

熱砂の周期が来る前に、薬種問屋の使いが熱砂丸を持ってやってきた。

厨房の一角に用意された熱砂丸の袋はどれも同じ分量で、使用人頭の帳簿で名前を確認してから一袋いただく。

離れの廊下を掃除していた春雛は少し遅れてしまったが、無事に熱砂丸を受け取ることができた。

廊下を歩きながら、これで今回の熱砂も大丈夫だと安堵する。

前回の失態は、初夜を渡した後初めての熱砂だったので体が馴染まなかっただけだ。今回は二度目だから薬も効くに違いない。

半月の遊君に「さっさと翠様に首を噛んでもらって、買われればいいのに」「下働きのくせに、翠様を焦《じ》らすなんて」と、面と向かって言われた。

いつもはちくちくと嫌みを言っていたはずなのに、今日は一体どんな風の吹き回しだろう。

「申し訳ないね、姐さんたち」

長居は無用だと、きびすを返した背中に「下働きの新月が遊君の真似をしてんじゃないわよ」「馴染みを作るまでの苦労をしたこともないくせに」と鋭い声が投げかけられた。

ああもう、そんな性格だから馴染みができないんだ……なんてことは言えないので、適当に頷いて遠ざかる。

「返事もしないっての?」「私たちを下に見てんじゃないわよ！」と声がどんどん大きくなって、終《しま》いには使用人頭の兄さんに「やめないか」と叱られていた。

「お前のせいじゃないのは分かってるけどさ」

後ろから、薬袋を持った真夕が追いかけてくる。

「兄さん」

「ここまでこじれてたらどうしようもないから、一度ぐらいは喧嘩してやんなよ」

「……俺が喧嘩したら、手が出ちまうよ。遊君の綺麗な顔に痣なんて作ったら最悪だ」

たまに、「うるせえ」と大声で怒鳴りたくはなるが。

「だったら拳が相手に届かない距離で言い返してやんな」

真夕はそう言うが、遊君と喧嘩をしてもいいことは一つもない。

使用人頭か主に怒られるだけだ。

「ずっと、春雛は贔屓されてるって怒ってるんだ。それを周りが『あの子にはわけがあるから仕方がない』って宥めてる。それが気に食わないんだろうね」

「あー…………。俺が贔屓されているように見えるなら、死んだ母さんのおかげだよ」

「おとうさんたちとも親子のように接しているだろう？　それが嫌なのさ」

「親子というか俺の恩人ですよ？　おとうさんとおかあさんが、母さんの願いを聞いてくれたから、俺は今ここにいるわけで……」

「それは分かってる。俺はお前が心配なんだよ」

真夕の気持ちは分かるが、春雛は気が重い。

「姐さんたちは俺で憂《う》さ晴らしがしたいだけなんだと思う。大丈夫だ。俺は図太いから。俺を心配してくれてありがとう」

「本当に、お前はひねくれずに立派に育ったよ。初めて会ったときはいつだっけ？　十歳かそこいらだったね」

「そうそう。俺は母さんが死んで泣いてばかりいたっけな。真夕兄さんに辛気《しんき》くさいって怒られたの覚えてる」

「でもそのあと、こっそり菓子をくれてやったろう？」

「覚えてるよ。旨かった」

『ここにはいろんな境遇の遊君がいるんだ。自分だけが不幸みたいな顔をするな』と、真夕に初めて叱られたときのことを思い出して懐かしくなった。


「執務は城で行えと、遠集《えんしゅう》様からの言《こと》づてです。それともう一つ。そこに居座るならば、いい加減に番か嫁を連れてこいとのこと」

灯易が続けて「土産です」と、紙袋に入った揚げ菓子を翠嵐に手渡した。

春雛は下働きの着物で首紐だけは翠嵐から贈られた上等なものをつけ、座卓で翠嵐から言い渡された書類の清書をしている。

「そうだな。そろそろ城に顔を出すか。この前みたいに衛兵に『怪しい奴』と呼び止められるのも辛い」

翠嵐が力なく笑う横で、灯易が「笑っている場合ではありません」と冷ややかに突っ込みを入れる。

「だが市井《しせい》でする仕事もまた格別だ。ここでは領内だけでなく他領の話も耳にできる。それを領主に伝えるのも俺の仕事」

「格好いいこと言ってますけど、ようは城に戻るのが面倒なだけでしょう。春雛を連れていけないし」

今度は寒蘭が突っ込みを入れる。彼は翠嵐の承認が欲しい書類の優先順位を確認している。彼らは翠嵐が領主になったときには重要な側近となる。

翠嵐は「うぐ」と低く呻いて黙った。

「親と一緒に仕事ができるんだろう？　凄いことじゃないか。領主様のところに行ってこい」

春雛は清書を終えて羽根ペンを置き、翠嵐に微笑んでみせる。

「それはそうなんだが」

「俺はここで、翠嵐が戻ってくるのを待つからさ」

「……最初の頃は文句ばかり言っていた春雛が、ずいぶんと大人になって」

「それはあんたが理不尽なことを言ってきたからだ。今はまあ……仕事もさせてもらえるし、やたらとベタベタしてこないから、あんたと一緒にいるのも悪くないと思ってる」

何を話すわけでもなく、それぞれ違う仕事をしているのだが、ただ同じ空間にいることが気持ちいい。

春雛は、翠嵐が好きだと分かった今、もしかしたらいつの間にか穴の中で翠嵐と同じ場所に立っているのかもしれない。

「そんなことを言ったら離れたくないだろう？　ふわふわといい香りをさせて俺を惑わすんだからお前は！　可愛い！」

「二人がいるところで香りとか惑わすとか言うなよ！」

永遠の蜜月だから互いの香りがするのだと分かっていても、恥ずかしいものは恥ずかしい。

灯易と寒蘭は「こちらにはまったく香りが分からないので、気にすることはない」と言ってくれるが、そうなると「二人の秘密」を話して聞かせるようで、ますますいたたまれなくなる。

「仮に、俺たちがそういう関係でなかったとしたら、新月のお前の香りは、俺だけでなく灯易や寒蘭をも惑わすことになるんだぞ？」

「え……？」

「三人の満月と一人の新月が座敷にいるんだ。普通ならば、何が起きても不思議じゃない」

突然、背筋に冷や汗が流れた。

春雛はここが遊郭の座敷だと今更ながら再確認する。

そして自分は、今は遊君だということも。

遊郭ですることと言ったら一つしかないのだ。普通なら。

翠嵐が自分を「永遠の蜜月」として特別扱いしてくれているからこその現状に、ずいぶんと胡座を掻いている。

「……俺が特別扱いなのは分かってる。でも、今それを言うってことは、俺のことはどうでもよくなったのか？　よく考えたら蜜月じゃなかった？　そしたら俺は、これからどうしよう」

自分の放った言葉に途方に暮れてしまった。

なのに翠嵐は嬉しそうに頬を緩めて近づいてくる。

「今すぐお前の首を噛みたい。承諾してくれて嬉しい！」

「へ？　そんなん言ってない！」

翠嵐が首紐を解こうと狙ってきたので、慌てて両手で首を隠す。

「言った！　ようやく俺と同じ愛の場所に辿り着いたな。……愛しているぞ、春雛。俺の番、そして妻になってくれるな？」

そんな壮大な話はしていない。断じてしていないが、灯易と寒蘭がそれぞれ「判定が難しい」「案ずるよりもってやつか？」と呟きながら考え込んでしまったので、もしかしたら壮大な話なのかもしれない。

「番になるのだって勇気がいるのに、妻なんて無理だ。なんであんたは、そうやって俺を急《せ》かすんだよ。俺は急激な変化は怖いのに……」

「性急なのは認める。だが、お前を愛するが故だ。俺に初夜を捧げてから、二度目の熱砂が来る前にお前と番になりたいんだ」

「……それって、俺のため？」

「それ以外の何がある。もっと自分に自信を持て春雛」

「けど、俺は……」

　誰かのものになるのはまだ怖い。

「一生懸命考えていて可愛いな。今すぐ噛み付いて俺の番にしたいが我慢してあげよう」

「そ、そうしてくれ」

「でも春雛。熱砂で困ったことが起きたらすぐに俺を呼べ。どこにいても駆けつける。仕事が詰まっていても問題ない」

　何をそこまで心配する必要がある？　翠嵐は少しばかり大げさだ。

　けれど……気持ちはとても嬉しい。

　春雛は「もしものときは『待ってる』って手紙を書くよ」と笑った。

「いや、そこは恋文を寄越せ。緊急事態にしか手紙が来ないと分かったら、俺にとって手紙は忌《い》み嫌うものになる。だから普段の様子をしたためろ。手紙にはお前の愛を綴ってくれ」

　金色の目でじっと見つめられて顔がどんどん赤くなる。

「……わ、分かった。恋文でもなんでも、書くから。翠嵐が城で寂しくならないように手紙を出す」

「待ってる。毎日書いてくれたら連日手紙を受け取れる」

「毎日かよ。……うん、まあ、お、俺も手紙を書く練習になるしな！　練習っていうのは毎日コツコツと続けるもんだ！」

自分でも、こんな言い方はないと思う。もっとこう、優しい言い方ができればよかったのにと思ったが、翠嵐に真顔で抱きつかれて「今以上の幸福があるか？」と言われたのでよしとした。

使用人頭が「今日は嫌な天気になりそうだ。傘立てを用意しておこうかね」と空を見上げてため息をつく。

今年はどうやら嵐の季節が早いようで、空を流れる雲の形を見てはみなで「あれはお天気雲？」「違うよ。雨雲」と一喜一憂《いっきいちゆう》している。

「お客さんは……少なそう？」

春雛は傘立てを用意しながら訊ねる。

「そうだねえ。だから、今日来てくれたお客さんには特別な料理を出そうと思うよ。翠様は来られるかな？」

「なんでも、税金関係の仕事が終わらないいんだって。来週には来るって手紙が来た」

「そりゃあ大変だな。春雛には、離れの渡り廊下の修理を頼んでいいか？　嵐が近いと風も強い。廊下の壁を補強したいんだ」

「任せてくれ兄さん！」

力仕事は得意だと笑顔で返事をしたら、使用人頭に首を捻られた。

「え？　何？」

「お前、風邪をひいているのか？　顔が赤いよ？　だったら無理せず部屋で休みなさい」

風邪どころか朝から元気いっぱいだ。

春雛は首を左右に振るが、使用人頭がすっと顔を近づけてきたので反射的に後ずさる。

「変だな。俺は半月だから新月の香りは分からないのが普通なんだが……」

波澄が「甘い香りがする」と囁くように言った。

「俺、ちゃんと薬を飲んでるよ？」

「だよな。でも気になるな……。薬を飲み忘れたときの新月の症状に似てるんだ。雪里に見てもらいな？　真夕は新月だから薬を飲んでいても万が一煽られたら心配だ」

使用人頭は「念のため」と言うが、彼がこんな心配顔を見せることは少ない。

春雛は「分かりました兄さん」と言って、ひとまず雪里の部屋に向かった。


離れの、雪里の部屋に向かう途中で視界がぐにゃりと歪《ゆが》んだ。

渡り廊下でがくりと膝が落ちて、そのまま前のめりに転がった。

体が一気に熱を持ち、立ち上がろうとするたびに尋常じゃない量の汗が滴り落ちる。心臓は早鐘のように脈打ち、喉の奥が熱せられて呼吸が上手くできない。

苦しくてたまらないのに、それが快感となって股間に熱を集めていく。ようやく立ち上がって歩こうとしたら、後孔から愛液が滴って床を濡らした。

「なんで……？」

視界が霞み、体は満月との交合を望みだす。

己で吐き出す息にさえ感じて、今すぐ達したくてたまらない。

なけなしの理性が、春雛を支えた。

ここで恥ずかしい真似なんてできない。

「真夕が何か匂うと言っていたけれど、これはちょっと尋常じゃない花の香りだね。半月の私にも分かるなんて。…………え？　春雛……？」

後ろから童子を連れた雪里に声を掛けられて、春雛は「姐さん」と言うのが精一杯だ。

「なんてこと！　春雛、お前……熱砂を患ってるよ！」

そんなことない。ちゃんと薬は飲んでいる。

毎日、ちゃんと。

春雛は首を左右に振るが、雪里が「お前は使用人頭の兄さんを呼んできて！」と童子に言って、それから春雛の体を引きずるようにして歩きだす。

「とにかく、お前の部屋に連れて行くよ。一番端の部屋でよかった。しかしどうしてこんなことになったの？」

「姐さん、ごめん……俺、薬、ちゃんと……飲んでたのに……っ」

必死に自分の部屋まで歩こうとするが、足がもつれて自分より小さな雪里に寄りかかってしまう。

事態を知らない遊君たちが障子を開けた途端に「凄い甘い香り」と眉を顰《ひそ》める。

「新月の子たちに伝えて！　今から半時《はんとき》は絶対に外に出るなって。部屋にいろって！　いいね？」

雪里の言葉に、遊君たちは「半時も？」「はい！　雪里姐さん」と頷き、ただちに離れの住まいに伝達に走る。

「俺、みんなに迷惑……かけて……」

「喋らなくていい！　黙って！」

「ごめんなさい……」

自分の部屋に行けるように助けてもらっているのに、歩くだけで体が疼いて、足を伝って蜜が床に滴り落ちる。

恥ずかしくて情けない。なのに口から出てくるのは交合の最中のような荒い息だ。

「気にしないで春雛。なんらかの理由で熱砂丸があんたには効かなかった。そういう話だ。これは仕方のないことだよ。誰かに翠様を呼びに行かせようね」

それはだめだ。

大事な仕事中の翠嵐を、こんなことで呼べるわけがない。

春雛は「だめだ」と言うが、雪里は「こういうときは素直になんなさい」と言って、ようやく辿り着いた春雛の部屋の障子を開けた。

「雪里！　童子から話を聞いたんだが……あー……やっぱりこうなったか！」

駆けつけた使用人頭が部屋に入り、春雛のために布団を敷いてやる。

「頭の兄さん、私たちはさっさと部屋を出るよ」

「え？　そういうもんなのか？」

「そうだよ！　春雛、そこで待ってな！」

急いで閉じられた障子の向こうで、雪里と波澄が何やら言い合っている。

翠嵐を呼ぶにはどうしたらいいか、なんで薬が効かなかったのかなど。だが今の春雛には彼らの会話を理解する余裕はなかった。

ちゃんと薬を飲んでいたのにどうしてこんなことになった？

春雛の頭の中はそれでいっぱいになった。


春雛の異変はたちまち店中に知れ渡り、新月の遊君たちは「薬を飲んでいても香りに当てられたら何が起きるか分からない」とのことで、春雛の部屋から最も遠い座敷に集められた。

動けるのは半月だけだが、彼らの中にも香りに当てられた者が出始める始末だ。

「今夜は天候も悪い。枡元屋は休みだ」

主夫婦はそう言いながら店の大提灯の火を消して、木戸を閉める。

たまたま他の店にやってきた満月の客が「新月が熱砂か？　だったら私が一肌脱ごうか？」と声を掛けてくれたが、主が丁寧に断った。

春雛には翠嵐という相手がいるのだ。

これは一大事だとすぐさま街主に相談に行ったら、早馬《はやうま》を出してもらえた。

「翠様は、今は領主様の城にいるのだろう？　早馬を借りられたのはありがたいが、手紙を持っていっても二日はかかる。あの人が店に来る前に春雛は気をやりすぎて死んでしまうよ……」

雪里の声が震え、波澄が彼女を支える。

一つ部屋に集められるのはお断りだと、大玄関まで下りてきた真夕も「なんでこんなことになったんだよ。薬は質のいいものだ。効きが弱くても、あんな酷い状態にはならない」と怒りを露わにする。

彼の言葉に、使用人たちは「それもそうだよなあ」「薬種問屋は同じだし」と首を傾げた。

「すり替えられたってことかしら？」

今まで黙っていた二葉が、眉間に皺を寄せて囁くように言った。

「姐さん！　言いたくても言わずに黙っていたのに……！」

真夕がそう言って宙を仰ぎ、雪里が険《けわ》しい表情を浮かべた。

「誰でも簡単に部屋に入れるからね。薬を隠しておかない限り、入れ替えるのは簡単だったろうな」

真夕の視線が、「怖いねえ」「私たちも気をつけなくちゃ」と囁き合っている遊君たちの一角に向けられる。

いつも春雛に嫌みを言っていた娘たちだ。

彼女たちは「証拠があるの？」とでも言いたげな表情を浮かべていた。

春雛の体は火照《ほて》り、心は翠嵐への思いで満たされている。なのに一人きりなので布団の中で啜《すす》り泣くことしかできない。

春雛を助けられるのは翠嵐だけだ。

新月を満たしてくれる満月なら、誰でもいいわけじゃない。

自分たちは永遠の蜜月だと教えてくれた、とてもいい香りがする翠嵐だけが欲しい。

彼に口づけられて、筋張った長い指で体に触れてほしい。

優しく囁いてくれるだけで、春雛は嬉しくていくらでも達することができるだろう。

どんな文句も悪態も広い心で受け止めて、逆に道化を演じて楽しませてくれる。自分が思いを寄せるなんておこがましいほどの素晴らしい男。

でも、彼でなくてはだめだ。翠嵐でなければいらない。

彼を愛しく思う気持ちが、こんなに強く深く頑《かたく》なで、酷く甘いなんて知らなかった。

ようやく気づいた。

項を噛んでほしい唯一の人が翠嵐だと。

翠嵐が好きで好きでたまらないから、熱砂を患って体が疼いても、彼だけが欲しいのだ。

「翠嵐……」

彼の名を呟くと涙が溢れた。

欲望に支配された自分の中に、彼を思う素直な心を発見する。

会いたい。今すぐ会いたい。だが春雛には、手紙に気持ちを綴る力は残っていなかった。

毎日書いて出すと約束したのに、今日は出せていない。

「翠嵐、会いたい。翠嵐……助けて……」

これ以上声を抑えているのが辛い。

脇目も振らずに陰茎を刺激して一人で声を上げながら何度も果てたい。翠嵐に触れない後悔を胸に抱いたまま、ひたすら一人で慰めるしかないのに、どこかで、翠嵐が現れると期待している自分がいた。

「く、は……っ、ぁ」

気をやりすぎて死んでしまう新月がいるなら、きっと自分はそうなのだ。

翠嵐の幻を求め続けて一人で死ぬ。

死ぬと知っていたら、首紐を解いて翠嵐に「噛んでくれ」と素直に頭を垂れて首を捧げればよかったのだ。

何を勿体ぶって、翠嵐の気持ちの上に胡座を掻いていたのか。

愛しているから俺の首を噛んでくれと、それだけ言えばよかったのに。

翠嵐に噛んでもらえないまま、自分はここで死ぬんだ。

素直になれなかったから、その罰を受けるのだ。

「翠嵐……好きだ……翠嵐……好き……」

涙と汗でぐしゃぐしゃの顔のまま、春雛は愛しい男の名を呼んだ。

その途端。

障子が開け放たれたかと思ったら、気持ちのいい香りで包まれた。

自分がよく知っている香りのはずなのに、泣くほど愛しくて、心臓を鷲掴《わしづか》みにされたように苦しい。

「春雛……っ！」

これは夢かと、春雛は震える体を起こして声のした方を見た。

「翠嵐……っ！」

ぼろぼろと目から涙が零れ落ちた。

愛しい人が目の前にいる。

「お前が出した一通目の手紙が届いて、それを読んでいても立ってもいられなくなった。だから早馬で来た」

「あ、会いたかった。翠嵐に会いたかったよ。ごめんっ……仕事なのに、ごめんなさい……」

「何を言うか、この馬鹿が。一通目の手紙に『早く戻って来てくれ』などと書かれたら、俺がどう動くか分かっていたくせに……！」

たちまち翠嵐に抱き締められて、彼の香りに包まれる。

するとそれだけで春雛は「あ」と短い声を上げて体を震わせ達した。さらには、今達したばかりなのに、絶頂の波が次から次へと押し寄せて、抱き締められたままで連続で達し続ける。

「だめ、も、俺、我慢できなくて……っ、こんな恥ずかしい体で……ごめんっ」

「いいんだ。いくらでも気持ちよくなれ。俺の香りがお前を絶頂させているのが嬉しい」

着物越しにぐいと下半身を押しつけられると、すでに翠嵐も硬く熱く、信じられないほど滾っているのが分かった。

「俺の香りで……？」

「そうだ。お前の熱砂が俺にも移った。嬉しい」

「ほんとに？　俺……翠嵐に移したのに……嬉しい？」

「ああ。ほら、もっと二人きりで熱砂を患おう」

ねだらなくても欲しいものが与えられる。

興奮して乾いた唇を舌で舐めたら、そのまま口を吸われて、口腔を舌でねっとりと嬲られる。口腔がこんなに感じるのかと驚くほど、春雛の体はいとも容易《たやす》く達して、翠嵐に帯を解かれながらぎこちなく腰を揺らした。

「ふっ、あ、あ、ああっ、口、だめ。口の中……っ、気持ちいい……っ」

翠嵐の唇が離れて代わりに指が挿入される。

人差し指と中指で口腔を掻き回されると唾液がたまって、飲みきれずに口の端から滴り落ちた。それを翠嵐にペロリと舐められて、たまらなく愛しい気持ちになる。

下腹がきゅんと疼いて、腰が持ち上がった。

「熱砂を思うと、お前も俺も際限なく達することができる。種付けしたい満月と、孕みたい新月の本能が、体をそう変化させるのだという」

「ん」

「こんな事態に陥るのは初めてだから、俺の本能がお前に無理をさせたら、申し訳ない」

そんなことない。翠嵐がくれるものはすべて嬉しい。

「平気。俺、丈夫……だから。翠嵐に好きにされたい」

「そんなことを言ったら……俺は……っ」

翠嵐の唇が首紐に押し当てられた。

その刺激で、春雛はまた達してしまった。陰茎が張り詰めるよりも先に訪れる絶頂で、春雛の下穿きはもう下穿きの役割を果たしていない。

「貰った着物、着ていればよかった。こんな、下働きの着物じゃなくて……っ」

「そんなことどうでもいい。ほら、俺がすべて脱がしてやる」

汗と愛液で濡れた着物と下穿きを脱がされた。

荒い息で翠嵐を見上げると、彼は春雛に見せつけるように自分の着物を脱いで怒張《どちょう》を露わにする。

「ほら、お前のせいでこんなに熱くなっている」

「翠嵐、なあ翠嵐、早く、それを、俺の中に……入れて」

「そしたらどうなるか分かっているな？」

「分かってる。もう十分分かってる！　俺は翠嵐の番になりたい！　こんな状態で言いたくなかったけど、でも、俺……っ」

翠嵐に伝わってくれるだろうか。

熱砂を収めたいだけで言っているのではないことを。これが自分の真実だと。

縋るように伸ばした右手を翠嵐が両手でそっと掴み、手の甲に何度も口づけた。

「分かっている。大丈夫春雛、ちゃんと伝わっている」

「俺の全部を翠嵐のものにしてくれ。俺の首紐を解いて、噛んで。どれだけ強く噛んでもいい。俺を翠嵐の番にしてくれ」

道理を無視して一目で恋に落ち、強く惹《ひ》かれ合って決して離れることのない永遠の蜜月。

番になった後、自分の中で何が変わるのか分からないが、そんな先のことを考えてもキリがない。

「ようやくだ、春雛。ようやくだぞ……」

腰を持ち上げられて、翠嵐がのしかかってくる。愛液でとろとろになった後孔に翠嵐の陰茎が挿入されると、春雛はそれだけでまた達した。

入っただけで達してしまうなら、動かれたらきっと我を忘れる。

今だって、もう危ない。

両脚がぴんと伸びて快感の余韻《よいん》に震えていた。

「あ、や、やだ、待って、今動いたら、俺……っ」

「動くよ。春雛は奥を突かれていじめられるのが好きじゃないか」

「あっ、ぁあ、だめ、俺、また達しちゃう……っ」

「連続で絶頂する可愛い顔を見せてくれ」

ずん、と、いきなり奥を突き上げられて、春雛の目の前に星が散った。

「気持ちいいな？　俺もだよ」

「や、あ、だめ、だめっ、ひっ、うぅっ……っあ、ああっ、あ……気持ちいい……っ！」

突かれるたびに腹の中で快感が熱く弾け、勝手に涙が溢れ出る。

陰茎はもう勃起する時間も与えてもらえず萎えたままだが、それでも翠嵐の動きに合わせて左右にぷるぷると揺れてとろとろの精液を飛び散らせた。

そんな姿を翠嵐に見せてしまって恥ずかしいのにいつの間にか羞恥が快感へと移り変わっていく。

「春雛……っ、ほら俺の上に乗って」

「ひゃ、あっ！　ああ、んっ！」

繋がったまま翠嵐が仰向けに寝転んだので、春雛はそのまま彼の腹の上に乗った。

一層深く繋がった刺激で、翠嵐に見上げられたままひくひくと達する。

「何度も、達してるのに……まだ、俺……体の中が熱くて……」

「俺もだよ」

両手で腰を掴まれた。このまま下から突き上げられたら、どんな恥ずかしい顔を翠嵐に晒してしまうのか分からない。

なのに熱した体はより強い刺激を求めた。

「ほら、可愛い声を上げて俺の子を孕め」

ずん……と下から奥を突き上げられる。小刻みに何度も繰り返されて、春雛の中のいいところばかりを狙ってくる。

「あ、あ、あ、あ……っやっ、あ、ああっ、も、中、とろとろで、おかしくなる……っ」

翠嵐の動きが急に激しくなり、次の瞬間、腹の奥が燃えるように熱くなった。

射精されたのだ。

その熱に当てられて、春雛が快感に体を震わせる。

腹の中の翠嵐は射精したのに一向に萎えることなく、再び動き出す。

愛液と精液の混じった、くちゅくちゅという恥ずかしい音が響いて春雛の耳をくすぐるように犯していく。

「翠嵐……、翠嵐……っ」

この恰好は深く繋がれて快感も強いが、今の春雛は翠嵐と口づけを交わして抱き締め合いたかった。

「もっと、なあ、ぎゅって……しよう？　口も、寂しい」

「お前は……！　もう！」

普通にねだっただけなのに、翠嵐は物凄い勢いで体を起こして春雛を抱き締める。

ああ、これだ。我を忘れて激しくしたい気持ちと、こうして優しく抱き締めてほしい気持ちがごちゃごちゃに絡まって溶けていく。

「好き。翠嵐、好き」

「俺もだよ。お前が愛しい」

ちゅっと音を立てて耳朶を甘噛みされて、背中にぞくりと快感の鳥肌が立った。

「あ、あ……っ、そんなところが、感じるなんて……っ、んんんっ」

右の耳朶を甘噛みされて興奮していたら、指先でかりかりと乳首を引っかかれる。

「ん、んんっ、ん……っ、んぅ……んーんーんーっ！」

耳朶と乳首を同時にいじめられて、またすぐ達してしまう。息つく間もなく、尾《び》てい骨《こつ》から背中に向けて指でなぞられたら、また達した。

そのたびに中に挿入されたままの翠嵐の陰茎を締め付けて、彼を喜ばせる。

「翠嵐、だめ、足りない。苦しい。もっといっぱい。ぎゅってしながら……っ……俺の中、翠嵐でいっぱいにしてほしい……っ」

どんどん息が荒くなって体が疼くのは、翠嵐の精液を腹の奥で受け止めたからだろうか。このまま孕んでも構わないから、もっともっと、体の中に注いでほしい。

「翠嵐を、いっぱい……欲しいよ……っ」

「俺も、春雛が欲しい」

翠嵐に腰を掴まれてそっと持ち上げられると、愛液と精液が中から溢れて滴り落ちる。恥ずかしさに「あ」と声を上げて腰をよじったら、内股まで濡れた。

これから何をされるのか期待で胸を膨らませた春雛は、布団の上に俯せにされる。そして背後から翠嵐に抱き締められると、膝立ちで体を起こした。

「この恰好、俺、恥ずかしい……」

「でも、こうして、鏡越しにお前の体を見られるし、触りやすくて俺は好きだ」

小さな鏡台の上に小さな姿見がはめられている。

そこには、膝立ちの自分を背後から抱き締めている翠嵐の一部が映っていた。ちょうど、胸からへその辺りだ。

鏡に映っている乳首は乳輪が興奮して赤く膨らみ、乳頭も硬く尖っている。それを、翠嵐の指が摘まんで擦り、扱いていく。

「ひゃ、あっ、あーあーあー……あーっ！」

翠嵐に押さえ込まれているので自由に体が動かせないが、それでも春雛は必死に腰を振って果てた。陰茎は萎えたままだが精液が布団に零れ落ちる。

「一物よりも胸がいいんだな、春雛は。こっちはどうだ？」

その体勢のまま再び翠嵐の陰茎を飲み込んだはいいが、ふにふにと柔らかな陰嚢《いんのう》を揉まれて体が勝手に逃げた。

「ここはまだ刺激が強いか？　でも、こうして中を転がすようにしてやると、気持ちいいだろう？」

気持ちがいいのはゆるゆると挿入を繰り返されているせいだと思いたかったが、熱砂に冒《おか》された春雛の体は、どこもかしこも性感帯になっていて、陰嚢が新たな快感を覚えてしまった。軽く揉まれていると、もどかしいやら切ないやら、翠嵐の手の上から自分の手を添えて一緒になって揉んだ。翠嵐の手が胸に移っても、春雛は夢中になって自分の陰嚢を揉んで、そのまま「だめ、だめ、こんなのだめ、こんなところを弄るなんて！」とうわごとのように言いながら背を仰け反らせて絶頂した。

春雛は、星が飛び散って息が詰まる信じられないほどの快感がもう苦しくて、「だめだめ」

と言いながら涙を零す。

翠嵐が首を甘噛みして、最後の行為をねだっている。

お前をすべて寄越せと態度で示されて、それだけで達しそうになる。

春雛は震える両手を首に回し、何度も失敗してようやく絹の首紐をほどいた。

「翠嵐……俺を翠嵐のものに……」

ねっとりと首を舐められて、最後まで言えなかった。

最高潮の期待は激しい快感となって春雛の体中を駆け巡っている。

「は、あ……っ、あっ」

翠嵐が荒々しく春雛を背後から突き上げ、そして、首に噛み付いた。

次の瞬間、乱暴に俯せにされて腹の最奥《さいおう》に叩きつけるように突き上げられた。

二人は声も出せないまま同時に絶頂し、春雛は快感の波に何度も激しく打ち当てられて体をこわばらせて耐えるしかなかった。

首から生温かな液体が流れると同時に鉄臭い香りがして、噛まれた傷から血が溢れているのだと知る。

「春雛、春雛……っ」

翠嵐に噛み付かれるたびに体中に刺激が走る。

苦痛はこれっぽっちもない。ただただ、快感に翻弄されるだけだ。

好きなだけ噛んでほしい。

気が済むまで噛んでほしい。

体はまだ熱く、熱砂はまだまだ治らない。

酷い傷痕でも、翠嵐がくれるものなら宝物だ。敷布にポタポタと破瓜《はか》の印のような血が滴り落ちる。

その赤い色が嬉しい。

「春雛、俺の春雛……」

翠嵐に噛み傷を丁寧に舐められるのが気持ちいい。自分も翠嵐を舐めたかったが、彼の首に噛み痕はつけられない。

だから、船遊びのときのように翠嵐の右手を掴んで口元に持っていき、そこに歯を立てた。

力を入れて噛んだのに、翠嵐の含み笑いが聞こえた。


春雛の熱砂は五日続いた。

頭が交合のことしか考えられなくなって、とにかく繋がり続けた。

使用人頭が気を利かせて部屋の前の廊下に食べ物と飲み物を置いてくれたお陰で、飢えずに

済んだのが幸いだ。

春雛の項には深い噛み傷がいくつかあって、完治しても傷痕は一生残るだろう。

翠嵐の右手の噛み痕は、痣になって残りそうだ。

「もっと色々したいと思ったんだが、本能と思惑は違ったな」

「え？　俺は……あんな恥ずかしいこと……は……もう、無理……」

自分たちがどんなことをしたのか思い出しては、春雛は悶絶《もんぜつ》する。まさに熱に浮かされていなければできない。正気の沙汰じゃない。

「するよ。愛してるから何でもしたい」

「愛をそういうときに使うなよ。もっとこう……大事なときに使え」

「分かった。春雛愛している。俺と結婚してくれ」

二人とも全裸で、汗と精液にまみれたままお茶を飲んでいる。

こんな状態で何を言っているんだと思ったが、それでも、翠嵐の顔がとても真剣だったので、春雛は「はい。俺も翠嵐とずっと一緒にいたい」と言った。

『お前の憧れをすべて詰め込んで迎えに行くから、待っていろ』

翠嵐の言葉を心の中で繰り返す。

彼は春雛との熱砂を過ごした後に「所用を済ませてくる」と言って領主の居城に戻った。

そして今日。

紆余曲折《うよきょくせつ》の末に晴れて翠嵐と番になった春雛は、彼から贈られた男物の着物を着て、枡元屋の主夫婦、真夕、雪里、そして雪里の夫となる使用人頭と共に、店先で翠嵐を待つ。

「ようやく雛菊との約束を果たせた気がするよ」

「本当にね。あの子もきっと喜んでいますよ」

枡元屋の後を雪里と使用人頭に任せて自分たちは一線から退《ひ》くと決めた主夫婦は、今までのずっしりとした肩の荷が下りたのか、ずいぶん穏やかな表情を浮かべていた。

逆に、来年の春から枡元屋を任されることになった雪里と使用人頭の表情はだいぶ引き締まっている。

「もう少し笑顔を見せてくれなくちゃ。そんな怖い顔だと、娘たちや息子たちが泣いてしまうよ、雪里おかあさん」

真夕にからかわれて「そんな怖い顔をしていたかい？」と雪里がしょんぼりする。

「雪里が怖いものか。俺の大事な妻なんだから。酷いことを言ってくれるな真夕」

使用人頭に言われて、真夕は「お熱いことだ」と笑顔になる。

「そういう真夕兄さんも、来年になったら嫁ぐからお熱いことだよな。この間、お相手が挨拶に来たじゃないか」

笑顔の春雛に、真夕は「嫁ぐというより、一緒に稼ごうと言われたから話に乗ったんだ」と肩をすくめる。

それでも相手がずっと通ってきてくれていた馴染みなのだから、そこにはしっかり愛があるのだ。

口の減らない客が「今年の枡元屋は祝い事で忙しいな」「これからが頑張りどきだ」と笑う。

それでいい。

もちろん、すべての遊君が幸せな結末を迎えるわけじゃない。借金を返して第二の人生を送ろうとした矢先に病気で亡くなる者もいるし、稼いだ金を根こそぎ盗まれて縊死《いし》する者もいる。

契約が切れても行き場所がない者は店に居座って下働きをするしかないし、それが一番多かった。

大門の外で自由に暮らしたいという夢はあっても、実際は不安と恐怖で二の足を踏んでしまうのだ。誰のせいでもない、自分のせいで夢を夢のままで終わらせてしまう。

かつての春雛もそうだった。

自分の世界はこの遊郭街だけで、急な変化が怖かった。

それでも。

童子たちが大門の方から物凄い勢いで走ってくる。

「凄い馬車がきた！」

「綺麗綺麗！」

「領主様の紋《もん》がある！」

どれほどのものなのか、童子たちの興奮具合で分かった。

その騒ぎ声に、あちこちの店から主や使用人たちが「何事か」と顔を出す。

泊まり客たちは二階三階の手すりに身を乗り出して、大通りに注目した。

鬣から蹄《ひづめ》まで真っ白な六頭の白馬が馬車を引いている。

優美な曲線で作られた馬車の扉には、当帰領領主の紋である「花が載った天秤《てんびん》」が描かれていた。二人の御者は灯易と寒蘭で、飾りの帽子に腰には立派な帯を着けた正装だ。

一気にざわつく周囲をよそに、灯易と寒蘭が馬車を降りて扉を開ける。

中から現れたのは、灯易たちと同じ正装の翠嵐だ。ただし翠嵐の帯には当帰領領主の紋章が刺繍されている。

今まで店の奥で静かにしていた枡元屋の遊君たちが「翠様？」「ええええ！　翠様じゃない！」

と叫んだのをきっかけに、周りの店からも「翠様！」「翠様が領主？」「馬鹿！　後継よ！」「あんた知らなかったのかい？」という声でいっぱいになった。

「翠嵐様……お待ちしておりました」

主夫婦が深々と頭を下げると、翠嵐も同じように頭を下げる。

「今までいろいろと気を遣ってくれてありがとう。今日は春雛を娶りにきた」

「はい。どうぞお連れくださいませ」

喜ぶ主夫婦の横で、春雛が固まっていた。

翠嵐の差し出す手を握れずにいる。

「春雛？」

「緊張してるんだ。……だって、下働きの俺を、こんな馬車で誰かが迎えに来てくれるなんて思わなかったから。昔絵本で見たんだ。でも、翠嵐の方が絵本の王子様より百倍も千倍も綺麗だ」

震える両手で、ようやくそっと翠嵐の手を握りしめる。

「夢じゃないんだ……」

「そうだよ。俺の愛しい番。俺の妻。ようやく共に愛を語れるな？　春雛」

「うん。俺も、いっぱい愛を語りたい」

新たな門出だから笑みを浮かべようとしたのに、泣きそうになってしまう。

「翠嵐、俺……上手く笑えないよ」

「馬鹿だな。笑えなくていい。泣いていいんだ。幸福の涙なんだから」

「うぇ……っ」

翠嵐の優しい笑顔に包み込まれて、春雛の目から涙が零れ落ちる。

男なのに恥ずかしいなんて思わない。

嬉しさのあまり、胸の奥が締め付けられる甘い涙だ。

「翠様のところがいやだったら、いつでも戻って来ていいからね」

雪里が物騒なことを言って笑う。隣では使用人頭が「すみません翠様」と謝っていた。

「しかし翠様も、根気よく頑張ったね！　春雛を幸せにしてやってくれよ？」

真夕が「がはは」と豪快に笑い、店から零れるように出てきた遊君たちが「幸せになりな！」「頑張って！」と祝福する。

「どうせ捨てられるのが落ちよ」「おかわいそうに」と呟いた遊君たちが、他の遊君たちに「いい加減にしな」と顔をはたかれ、足を蹴られて散々な目に遭っているのが見えた。

最後に主が「ここがお前の生まれた場所だ。だから、何かあったら頼っていいんだよ？　私たちも雪里たちもいる。親は子供を助けるものなんだ」と春雛だけに聞こえるように言った。

「おとうさん、おかあさん、ありがとう。今までお世話になりました」

涙は一向に止まらないが、もう笑みを浮かべることはできる。

春雛は自分が生まれ育った枡元屋に深々と頭を下げて、馬車に乗り込んだ。

そのとき、翠嵐の背に客の一人が声を掛けた。

「翠様！　あんたたちの賭けは一体どうなったんだい？　どっちが勝ったんだい？」

その一言で、みなが賭けのことを思い出した。

翠嵐の正体は露見《ろけん》したが、遊郭街に身分は関係ない。ここにいるのは「金払いのいい翠様」という客だ。

「ふむ」

翠嵐は軽く頷いて、自分に注目している人々に結果を言い放った。

「俺の負けだ！　見事に春雛に落とされた。首ったけなんてもんじゃない、俺は春雛がいなければ生きていけない男になった！」

しんと静まりかえった次の瞬間。

両手の拳を振り上げて喜ぶ者や、がっくりと項垂《うなだ》れる者で大通りが一層騒がしくなった。

それからというもの。

翠嵐と春雛の恋物語は、今では様々な脚色がついた物語として舞台や浪漫《ろまん》小説で語られた。

春雛は恥ずかしがったが、翠嵐は「一時のことだよ」と笑って気にもしない。

そして春雛も、「領主の後継の妻」として覚えることが多すぎて、世間がどう騒ごうが気にしなくなった。

そしてある夏の日のこと。

来客を伝えられて客間に走った春雛を待ち構えていたのは真夕だった。

「真夕兄さん！　元気だったか？　またずいぶんと格好よくなって！　異国の服装だろう？」

夫に娶られて枡元屋を出た真夕と再会できて嬉しい。

「そうだな。あれから一年ぶりだ」

シャツに刺繍の入ったベストと、パンツ。臑《すね》を覆う長い革靴。

真夕によく似合っている。とても凜々しい。

「俺たちは商人だから、どこへでも行くんだ。たまに、枡元屋にも顔を出す。雪里姐さんは波澄兄さんと頑張っているよ」

「そうかよかった……！　俺は今、なかなか遠出ができない体で」

「まさかお前」

「ああ。腹に子がいるんだ。初めての子だからどうしていいか不安になるが、翠嵐がとてもよくしてくれる」

腹の中に子供がいることを伝えたら、真夕が「春雛に子供か！」と目に涙を浮かべて大声を出した。

彼が春雛と出会ったのは十歳の頃だったので、感慨深いものがあるのだろう。

そこに翠嵐が執務から解放されて帰宅したものだから、しばらくは懐かしい昔話や異国の旅の話で盛り上がった。

泊まっていけというのを「夫がキャラバンで待っているから」と言って、真夕は馬に颯爽と乗って夜道を駆けていった。


「疲れていないか？」

かつて春雛が翠嵐に初夜を捧げた部屋は、今は二人だけの寝室となっている。

目立つようになった腹に口づけを繰り返しながら、翠嵐が腹の子供に「二人の愛」をとつとつと語り出す。

だが聞かされる方はたまったものではない。

二人の愛の歴史は、春雛にとって自己嫌悪と羞恥の塊《かたまり》でもあるのだ。確かに最後は愛で収まったが、だからといって語っていいわけではない。

恥ずかしいからやめろと大声を上げた春雛は、言葉に詰まって腹を押さえる。

「どうした！　医者を呼ぶ！」

「違う。今、腹を蹴られたんだ」

「は？」

「俺たちの子供に、腹を蹴られた」

照れくさそうに笑う春雛に、翠嵐は「さすがは俺の子供……」と感動して、再び春雛の腹に口づけた。

「今の状態でこれだとしたら、子供が生まれたら俺は大変だな」

「そうだな。俺はないがしろにされてしまうな」

翠嵐は、子供が生まれる前から子煩悩《こぼんのう》だった。

子供の遊び道具や洋服がすでに山とある。

義父母である領主夫妻は初孫に浮かれて、「春雛は何もしないこと。すべては使用人に任せること」とお達しがあったほどだ。しかも春雛には「先祖代々伝わる金剛石《こんごうせき》と紅玉《こうぎょく》の首飾りを贈る」とまで言って、春雛自らが「落ち着いてください」と言いに行ったほどだ。

「俺が春雛をないがしろにする？　俺の大事な番で妻なのに？　できれば毎日でも首を噛んで、噛み傷が治らないままにしたいと思っているのに？」

ああそうだった。この人はそういう人だ。

春雛は胸が愛でいっぱいになって、翠嵐を見つめる。

「どうしよう翠嵐。俺は翠嵐が好きすぎて泣きそうだ」

子供が生まれたら、またしても新たな日常が始まる。あんなに不変を求めていた自分なのに、よくぞここまで変わったものだ。

「泣くな。可愛い春雛。愛してる」

「泣かないけどさ。……そうだ、子供はいっぱい欲しいよな？　兄弟姉妹っていいと思うんだ。きっと可愛いぞみんな」

生まれる子供は、翠嵐によく似た満月の子だろう。今から楽しみでならない。

「そうだな俺たちの子だから可愛くて当然だ。楽しみだな。そろそろ名前も考えないと」

「うん。翠嵐と二人なら、きっと素敵な名前を考えつく」

「そうだ。何せ俺たちは永遠の蜜月だからな」

そうだとも。

今なら素直に頷ける。

出会った頃とは大違いだ。

おしまい。

あとがき

こんにちは、高月まつりです。

今回は、ふんわり時代劇的オメガバースを書きました。

江戸っぽいけど江戸じゃないよという和風ちょっぴりファンタジー世界なので、遊郭のしきたりなどは、わりと好き勝手に書きました。

満月、半月、新月を初めとするいろんな造語を「さも昔からあるように」物語に散りばめていくのが楽しかったです。

新たな世界を作るのは楽しいけれど難しく、矛盾がないようにやったつもりが「矛盾あるよ」と冷や汗を垂らしたり、自分で決めた設定のはずなのに忘れていたりと、唇を噛んで呻くことも多々ありました。

今だから言えるネタとして……本当は悪役がいたのですが、唐突だったり意地が悪すぎたりしたので、編集さんと相談してサクッと気持ちよく削除しました。

代わりに名無しの遊君たちにあれこれネチネチしてもらいました。

また、キャラクターの名前を漢字にしたため、著者校で訂正する際「名前、どんな漢字だっけ？　難しくない？　これ」と自分で自分に突っ込むこともありました。

もっと画数の少ない名前にすればよかったけど、でも「春雛」「翠嵐」を初めとするキャラの漢字名前は、個人的にどれも好きなので最終的に後悔はないです。春雛の雛の字も気がつくとサラサラと書けていたので漢字の練習にもなりました（笑）。

舞台となった遊郭は、カタカナの「ロ」の字の形になった建物で、中華系ファンタジー映画によくあるタイプのものです。

（なんとなく察していただけると幸いです）

店が開いているときの、わちゃわちゃと慌ただしい様子を書けて楽しかったです。

様々なキャラクターが登場して動き回っていて、主役の二人以外だと雪里姐さんと真夕兄さんが凄く好きです。

比較的幸せ遊郭なので娶られる遊君が多くても気にしない（笑）。

花冠国当帰領はこういう感じです。他の領土はまた違う規則やしきたりがあります。

本編には出てこないけれど他国や領土の設定だけは書いておりまして、勿体ないからどこかで使えたら良いなあと思ってます。

主役の翠嵐と春雛は、これから紆余曲折がいろいろあるでしょうが二人で協力し合って問題を解決していくと思います。
二人とも生命力が滅茶苦茶強そうなので（笑）。

イラストを描いてくださった陵クミコ先生、ありがとうございました。なんて格好いいんだ翠嵐！　そして可愛いな春雛！　挿絵を見るたびにニヤニヤが止まりませんでした。
本当にありがとうございました。

最後まで読んでくださってありがとうございます。
次回作でもお会いできれば幸いです。

とってもかわいかったでは〜
Kumiko Misasagi 2021

エリート王子が
高月まつり
ill. 相葉キョウコ
専属ご指名
~愛されシェフの幸せレシピ~
君の料理も、君自身も
俺だけのものにしたい
出張シェフの陽登は、パーティーでイケメン実業家の阿井川と出会う。初対面でいきなり嫌味を言われ、第一印象は最悪！　なのに、その後すぐに出張予約が入り、阿井川が甥の聡と住む家へ行くことに。最初は傲慢な態度だった阿井川だが、陽登の手作りクッキーの美味しさに感動し「専属になってほしい」と突然迫ってくる。丁重にお断りしたものの、彼のストレートな愛情表現に心が揺れて——？

初出一覧

ダリア文庫をお買い上げいただきましてありがとうございます。
この本を読んでのご意見・ご感想・ファンレターをお待ちしております。

〒170-0013 東京都豊島区東池袋3-22-17　東池袋セントラルプレイス5F
(株)フロンティアワークス　ダリア編集部
感想係、または「高月まつり先生」「陵クミコ先生」係

この本の アンケートは コチラ!

http://www.fwinc.jp/daria/enq/
※アクセスの際にはパケット通信料が発生致します。

蜜月のつがい -花街オメガバース-

2021年9月20日　第一刷発行

著　者
高月まつり

発行者
辻 政英
発行所
株式会社フロンティアワークス
〒170-0013 東京都豊島区東池袋3-22-17
東池袋セントラルプレイス5F
営業　TEL 03-5957-1030
編集　TEL 03-5957-1044
http://www.fwinc.jp/daria/
印刷所
中央精版印刷株式会社